2026

소설, 한국을 말하다

윤성희 1999년 동아일보 신춘문예에 단편소설 〈레고로 만든 집〉이 당선되며 작품 활동을 시작했다. 소설집 《레고로 만든 집》《거기, 당신?》《감기》《웃는 동안》《베개를 베다》《날마다 만우절》《느리게 가는 마음》, 중편소설 《첫 문장》, 장편소설 《구경꾼들》《상냥한 사람》 등이 있다. 현대문학상, 이수문학상, 황순원문학상, 이효석문학상, 오늘의 젊은 예술가상, 한국일보문학상, 김승옥문학상, 동인문학상 등을 수상했다.

정한아 장편소설 《친밀한 이방인》《리틀 시카고》《달의 바다》《3월의 마치》, 소설집 《술과 바닐라》《애니》《나를 위해 웃다》가 있다. 문학동네작가상, 김용익소설문학상, 한무숙문학상, 김승옥문학상 우수상, 심훈문학대상을 수상했다. 《친밀한 이방인》이 쿠팡플레이 시리즈 〈안나〉로 드라마화되었다.

김유담 2016년 서울신문 신춘문예에 단편소설 〈핀 캐리〉가 당선되며 작품 활동을 시작했다. 소설집 《탬버린》《돌보는 마음》, 장편소설 《이완의 자세》《커튼콜은 사양할게요》, 중편소설 《스페이스 M》 등을 출간했다. 신동엽문학상, 김유정작가상을 수상했다.

Image 딸사람(남궁선하), 〈식물 카페〉(digital illustration, 247x309mm, 2025)   Design 김동선

2026

소설, 한국을 말하다

성해나
김기태
박연준
박민정
성혜령
김경욱
하성란
윤성희
정한아
김유담
김병운
문지혁
이미상
송호근
정용준
정소현
안톤 허
권김현영
정대건

은행나무

차례

박동미
문화일보 기자

　여기에 실린 소설들은 2025년 여름부터 겨울까지 문화일보에 연재된 것들이다. 한국 문단을 대표하는 소설가와 시인, 번역가, 그리고 사회학자까지 20명 내외의 작가들이 '소설, 한국을 말하다'라는 기획에 참여해주었다. 이들은 각자 바라본 한국 사회와 이를 살아내며 감각한 한국인의 마음을 엮어 매주 한 편의 이야기로 풀어냈다. 2023년, 장강명 작가가 'K'를 논하며 (《소설 2034》,《소설, 한국을 말하다》) 포문을 열었던 시리즈가 신문에서도, 또 책으로도 계속 이어진 것이다.

　세 번의 겨울을 지나는 동안 무슨 일들이 있었나. AI, 돌봄 노동, 저출생, 고령화, 사교육, 세대·정치 갈등과 같은 난제들은 여전한 채 비상계엄과 탄핵, 그리고 대통령 선거를 거치며 한국 사회는 더 많은 질문을 품게 됐다. 어떤 날은 충격과 공포에 휩싸였고, 어떤 날은 좌절과 절망이, 또 어떤 날은 기쁨과 환희가 찾아오기도 했는데, '소설, 한국을 말하다'의 두 번째 단행본이 나오게 된 지금은, 일종의 안도감이 앞선다. 우리를 둘러싼 환경이 급속도로 바뀌고, 우리 자신조차 낯설어지는 시대에 우리가 '우리'를 정면으로 마주하는 작업을 멈추지 않았음에 말이다. 또한, 그것은 우리를 대신할 것들이 진격해오는 이때, 우리가 무엇을 해야 하는지를 재확인하는 과정이기도 했다. 그러니까 성찰과 반성, 후회와 각성, 깨달음과 진보, 사유와 통찰 같은, 오직 인간 존재만이 할 수 있는 그것…….

신문을 가득 채운 정치, 경제, 사회, 국제 뉴스들 속에서, '소설, 한국을 말하다'가 누군가에겐 '쉬어 가는' 페이지(물론 그것도 소설이 가진 힘 중 하나다)처럼 보였을지 모른다. 그러나 이 휴식 같은 지면은 사실 모든 뉴스에 내재된 '인생의 불가해함'에 물음을 던지고 답을 찾으려는 시도였다. 다시 말해, 세상 가장 고차원적이고 밀도 높은, 결코 휘발되지 않을 뉴스. 연재를 진행하면서 그것은 더욱 선명해져 확신이 됐다. 앞으로도 짓고 지어지고, 부수고 부서지기를 무수히 반복할 인간사에, 마지막까지 꿋꿋하게 남을 것은 오직 '이야기'일 것이라고.

세상엔 글이 되지 못한 글, 말로 다 할 수 없는 말, 기억으로 남지 못하는 기억이 얼마나 많은가. 그 잔해들을 끌어모아, 이야기로 '지어', '기억'하는 일, 그러니까 '소설, 한국을 말하다'에 선뜻 동참해준 작가들에게 감사와 존경을 표한다. 또한, 이 기획은 문화일보 문화부의 선후배가 다 함께 만들었다. 첫 삽을 함께 뜬 최현미 선배(전 문화부장)와 시리즈가 이어지게끔 지원한 김인구 선배(현 문화부장), 그리고 주제와 작가 선정에 누구보다 열정적이었던 장상민·신재우 기자가 있었기에 가능했다. 나중에 합류한 인지현 기자도 큰 힘이 됐다. 그렇게 차곡차곡 쌓인 시간과 마음이, 이제 또 다른 시간과 마음에 가닿기를 바라본다.

1부

#유령

성해나

○ **성해나**
2019년 동아일보 신춘문예에 중편소설 〈오즈〉가 당선되며 작품 활동을 시작했다. 소설집 《빛을 걷으면 빛》《혼모노》, 장편소설 《두고 온 여름》 등이 있다. 김만중문학상 신인상, 젊은작가상, 신동엽문학상 등을 수상했다.

0이 '태거'로 승진한 건 불과 3주 전 일이었다. 그 전까지 그녀는 '터크'였다.

0은 아동 콘텐츠 회사 키즈모리(Kidsmory)에서 5년간 일했다.

그녀는 오후 9시에 출근했다. 그 시간대에 깨어 있는 아동은 의외로 많았고, 챗봇은 쉴 새 없이 굴러갔으며, 유해한 콘텐츠와 언어는 끊임없이 생산되었다. 민감한 언어를 섬세히 솎아내고 감정 노동에 능하다는 기업의 판단하에 터크 대다수는 여성이었다. 칸막이 책상에 앉아 업무를 보는 다른 터크처럼 0은 챗봇이 미처 필터링하지 못한 유해 언어를 순화해나갔다.

살인, 자해, 우울, 불안 등을 야기하는 자극적인 언어부터 음란어, 특정 계층, 국가, 성별에 대한 조롱이 담긴 말들까지 두루 판별했다. 유해 언어에 나름 무뎌진 0이었지만, 때론 인간의 끔찍한 창의력에 혀를 내두르기도 했다. 자신의 처지나 상황과 접목되는 언어를 정제할 때는 더욱 그랬다.

#렌귀

렌털 귀족. 자기 소유의 집이나 차가 없지만 빈곤하게 보이지 않으려 애쓰는 특정 계층을 조롱하는 말.

0과 그의 남편인 1은 신혼 초부터 월세를 전전했고, 차량을 리스했다. 결혼식이나 부부 동반 모임에 참석할 때마다 0은 종종 명품 가방을 렌트했다. 그런 자신을 '렌귀'로 보지 않을까 우려하며.

'렌귀'는 0의 자존심을 긁긴 했지만 치명적이지는 않았다. 그녀의 마음을 좀먹게 하는 단어들은 이런 것이었다.

#앰스터

애미+몬스터의 합성어. 게임에서 주로 쓰이는 멸칭.

키즈모리에서 개발한 챗봇은 교과 연계 자료를 기반으로 파인튜닝되었고 연령대에 맞춘 안전 필터를 갖추고 있었지만, 정밀한 필터도 아이들이 시시때때로 만들어내는 혐오 표현까지 정제하지는 못했다. 어제 0이 '앰스터'를 '과잉보호형 부모'로 순화했으면 오늘은 '맘질' 따위의 조어가 새로 생겨났다.

키즈모리 사용자는 아동이었지만 그 뒤편에는 자녀와 챗봇의 상호작용을 주기적으로 모니터링하는 부모가 존재했다. 부모의 구독 중단은 곧 기업의 수익 손실과 결부되었기에 터크는 2교대로 밤낮없이 혐오 텍스트를 걸러야 했다.

야간조였던 0은 오전 6시에 퇴근했다. 집에 돌아온 0은 출근하는 1을 배웅하고, 관자놀이에 뉴로비전 패치를 붙인 뒤 침대에 누웠다. 그날 읽은 텍스트를 잊기 위해선 뇌파를 정리해야 했다. 한 시간 넘게 패치를 붙이고 있었지만 잠은 오지 않았다. 패치에서 스트레스 지수가 심하다는 것을 알리는 경보가 짧게 울렸다.

서른다섯인 0은 온갖 질병을 앓았다. 불면증, 원형 탈모, 위염. 뿐만 아니라 불규칙한 생리 주기 때문에 매달 웨어러블 키트로 코르티솔 수치를 측정하고 배란일을 조정해야 했다.

0은 아이를 원했지만, 1은 늘 회의적이었다. 1은 아이를 키울 바엔 버추얼 펫을 장만하자고 했고 그때마다 그들은 크게 다퉜다. 0은 느끼고 싶었다. 아이의 부드러운 살갗과 여리게 뛰는 심장, 아마빛이 도는 머리칼을. 0과 1의 세계에도 그런 경이로운 안식처가 있었으면 했다.

0의 생리가 끊긴 건 그로부터 한 달 하고도 2주 뒤였다. 생리 불순이라 대수롭지 않게 넘겼던 0은 태몽을 꾼 것 같다는 어머니의 전화에 곧장 출산 클리닉으로 향했다. 클리닉에서 임신 4주 차라는 소식을 들었을 때, 0은 심장이 내려앉는 것 같았다. 전주에 열린 파티에서 연거푸 들이켠 와인 때문도, 동료들이 전자 담배를 피울 때 한자리에 있었기 때문도 아니었다. 그녀가 조만간 태거로 승진하기 때문이었다.

터크의 대다수는 비정규직이었으나 태거는 정규직이었다. 하는 일도 달랐다. 터크가 혐오 단어로 꽉 찬 쓰레기통을 비워낸다면 태거는 깔끔하게 비워진 통을 태그와 데이터로 채우는 일을 했다. 재택근무가 가능하고 연차가 주어진다는 것도 큰 이점이었다. 이제 다음 주면 0은 계약서를 쓰고 실무를 배울 예정이었다. 지난 주에는 승진 파티도 했다. 태거로 승진하기 전 이브락 (Evelock)*을 시술받은 실장은 0에게 최소 10년간은 철저히 피임해야 한다고 당부했다. 0의 자리는 언제든 대체될 수 있었고, 불안감에 0은 취할 때까지 와인을 들이켰다.

0이 임신 소식을 전하자 1의 얼굴엔 난감함이 스쳤다. 하지만 잠깐이었고 곧 둘에서 셋이 되겠다며 다음엔 클리닉에 함께 가겠다고 말했다. 개운치 않은 축하였지만 0도 고개를 끄덕였다. 클리닉에 갈 일정을 조율하던 1이 가볍게—그의 표현으로는—던진 계속 둘로 지내는 건 어떠냐는 물음에 바로 심사가 뒤틀렸지만.

임신 문제로 크게 다툰 두 사람은 며칠간 한 마디도 나누지 않았고, 그렇게 싸늘한 정적과 긴장만 흐르던 중 0이 태거로 처음 출근하는 날이 다가왔다.

---

* 절개 없이 난관에 끼우는 여성용 피임 장치. 2029년 출산율이 0.7명 이하로 내려간 뒤, 불법이 되었다.

태거가 사용하는 사무실은 쾌적하고 창이 컸다. 가림막 사이 간격도 넓었다. 가장 뚜렷한 차별점은 그림자처럼 아동 뒤에 숨은 부모와 대면할 수 있다는 점이었다.

0의 첫 고객은 생후 7달 된 여아였다. 0은 부모가 보내 온 아기의 유전자 검사지부터 놀이 기록까지 전부 살핀 뒤, 홈캠 녹화본을 재생했다. 영상 속 아기에겐 특이점이 없었지만, 옹알이를 하거나 기어 다니는 단순한 행동마저 부모는 전부 태깅해주길 바랐다.

아기가 햇볕 때문에 눈을 감거나 소리 나는 방향으로 몸을 돌리면 0은 곧바로 태그를 붙였다.

#촉각예민형 #회피성향

아기가 깨지 않고 자거나 얌전히 이유식을 먹으면 #자극대처능력양호 따위의 태그를 붙이기도 했다.

0은 부모가 공유한 홈캠 녹화본을 들여다보며 아이를 세분화하고 태깅했다. 그렇게 붙여진 태그는 키즈모리 챗봇에게 전송되어 맞춤형 교육에 활용되었다.

아이가 완벽히 자라길 바라는 부모의 마음은 이해가 갔지만, 태거가 되고 일주일이 지나자 0은 그들의 기대가 다소 과하다고 느끼기 시작했다. 부모는 지난주엔

#고감수성 태그가 붙더니 이번 주엔 왜 #감각둔화냐며 아이를 더 정밀하게 관찰해달라는 불평을 토로했다.

오후 6시에 퇴근을 한 0은 관자놀이에 뉴로비전 패치를 붙였다. 그녀는 여전히 업무 스트레스에 시달리고 있었다. 배를 쓰다듬으며 0은 그날의 사건을 복기했다.

아기의 부모는 이번에는 태깅을 제대로 해달라며 홈캠을 라이브로 켜두었다. 0은 오전 9시부터 아기를 관찰하며 끊임없이 태그를 달았다. 주양육자의 반응을 살피며 #공감능력우수 #애착대상선호 따위의 태그를 붙이기도 했다.

양육자가 이유식을 만들러 간 사이 자고 있던 아기가 부스스 깨어 홈캠을 향해 기어 왔다. 아기는 눈을 깜박이며 호기심 어린 표정으로 홈캠을 만지작댔다. 웃음이 많은 아이였다. 아기가 미소 지었고, 0은 아기를 향해 말을 붙였다.

"안녕."

순간 주방에 있던 양육자가 거실로 뛰어왔다. 양육자는 기겁하며 스피커를 음소거하더니 0에게 쏘아붙였다. 왜 우리 애한테 말을 거냐고, 이게 태깅에 영향을 미치면 어떡할 거냐고. 양육자의 날선 말투와 표정, 컴

플레인을 걸겠다는 협박성 멘트를 돌이키며 0은 자기도 모르게 중얼댔다. 앰스터.

0이 화들짝 놀라 몸을 일으켰다. 그런 표현이 은연중 자신에게 엉겨 붙었다는 사실에 몸서리치며 그녀는 배를 어루만졌다. 0의 아이는 이제 갓 7주 차였다. 자신의 아이에겐 어떤 태그가 붙을지 0은 생각했다.

#통제불가 #회피형 #불안자극민감

태깅을 하다 0은 확신했다. 내가 다른 아이를 아웃소싱하는 동안 내 아이는 통제의 안식처 밖에 놓일 거라고. 렌귀, 맘질, 앰스터 따위의 언어를 속절없이 흡수한 채 영영 살아갈 거라고.

1이 집으로 돌아왔다. 0은 옷을 갈아입는 1에게 오랜만에 말을 걸었다. 병원에 가야겠다고. 1은 놀란 눈으로 0을 바라보다 말없이 고개만 끄덕였다.

"수술하려고."

0은 뜸을 들이다 둘로 지내자는 말이 아직 유효하냐고 1에게 물었다. 1의 표정이 묘해졌다. 0은 1의 답을 어느 정도 예측할 수 있었다. 하지만 그가 어떤 말을 하든 0은 전처럼 소리를 지르거나 울지 않을 것이었다.

침묵으로 서로를 괴롭게 하거나 무시하지도 않을 것이
었다. 이제 0에겐 그럴 힘도, 기대도 없었다.

뉴로비전 패치에서 경보가 울렸고, 1이 입을 뗐다. ▪

진취적 시민을 위한 15분 읽기

김기태

○ **김기태**

2022년 동아일보 신춘문예에 단편소설 〈무겁고 높은〉이 당선되며 작품 활동을
시작했다. 소설집 《두 사람의 인터내셔널》이 있다.

신문 읽기는 오늘날 우리 진취적 시민에게 여전히 가치 있다. 하지만 회백색 종이 뭉치를 거실이나 사무실 등지에서 펼치는 전형적 장면에는 이제 진취성의 흔적조차 남아 있지 않다. 신문 읽기 자체가 목적이라는 듯, 종이 신문을 첫 장부터 끝 장까지 정독하는 사람에게는 오히려 혐오스러울 정도의 한가로움이 묻어 있지 않나. 그 한가로움이 그가 너무 적게 가져서든, 많이 가져서든 말이다. 즉 진취적 시민에게 신문 읽기는 어디까지나 수단이다. 그렇다면 목적은 무엇인가.

목적이 주식과 부동산의 매매 시점을 가늠하는 따위에 그친다면 신문의 효용은 매우 제한적이며, 특히 문화면은 읽을 필요가 없다. 그러나 우리에게는 물질적

현실만큼이나 정신적 현실의 개선이 중대하며, 후자를 통해 전자의 변화를 꾀할 수도 있다. 그러므로 몸뚱이를 트리플 역세권 아파트에 두기보다, 정신을 여러 의견이 교차하는 사통팔달의 요지에 둬야 한다. 넓혀야 할 것은 아파트 면적이 아니라 정신의 면적이며, 그 공간에는 최신형 무선 진공청소기처럼 정밀하고 힘 좋은 아이디어들을 구비해야 한다. 이 점에서 언뜻 한가로운 '신문에 실린 소설 읽기'조차 의의가 인정된다. 타인이 쓴 허구의 이야기를 읽는 일은 곧 '정신의 갭투자'이다. 내가 가진 약간의 자산에 타인의 상당한 자산을 더하여, 내 정신의 면적을 크게 확장하기. 반복하다 보면 내 자산 자체가 불어난다!

수단은 목적에 봉사한다. 따라서 어떤 수단의 실천 형태를 결정하고 평가하는 최우선 기준은 효율성이다. 나는 아침 7시 30분에 메일함으로 들어온 뉴스레터를 휴대전화로 읽는다. 몇몇 베테랑 언론인이 합심해 발행하는 이 뉴스레터는 주요 신문의 주요 기사를 요약해주고, 맥락 해설 및 본문 링크도 제공한다. 신문 읽어주는 신문이다. 약 15분만 투자하면 나는 세계가 어제로부터 얼마나 달라졌는지 대략 인지할 수 있다. 정신의 잔고가 늘어나는 상쾌한 기분! 이렇게 효율적인 수단을 외면하는 일은 복고 취향의 아집에 불과하다. 그 점에서 나는 이 '소설, 한국을 말하다' 지면의 효용을 극대화하기 위해, 실제로는 약 250장인 소설 전문을 압축하여 그 줄거리와 주제만 설명하기로 했다. 독자들은 단지 소설처럼 보이려고 늘어놓은 묘사들을 애써 읽을 필요 없이 핵심만 취하면 되겠다. 즉 이것은 소설 읽어주는 소설이다. 작가 자신에 의해 제공되므로 정확성은 의심할 필요가 없다. 15분이면 소설도 읽고 해설도 읽고 북토크까지 다녀오는 효과를 얻을 수 있다.

이 소설은 서술자인 '나'가 연인이었던 '그 애'를 회상하는 구조이다. 각각의 성별은 생략한다. 두 사람은 스물네 살 동갑내기로 소음과 진동이 가득하고 직원들이 관절통을 겪는 커다란 공장에서 일하며, 둘이 가까워지는 데에는 통통한 비둘기 한 마리가 유의미한 역할을 했다는 정도만 알아두자.

나는 그 애가 자주 입 밖으로 냈던 특정 단어를 기억한다. '굳이'라는 부사이다. 관계 초기의 어느 일요일 점심께, 나는 그 애와 좁은 방 안 작은 침대에 누워 있다가 "어디라도 가야 하는 것 아닐까?"라고 말한다. 맛집과 카페와 팝업스토어, 그리고 그곳에서 찍은 사진을 업로드하는 연인들을 상상하며, 막연한 의무감과 약간의 부끄러움을 담은 말이었다. 그 애는 이불을 끌어올리고 나의 머리를 쓰다듬으며 대답한다.

"굳이?"

그때는 사랑스러웠으나 점차 나는 그 애의 '굳이'에 위화감을 느낀다. 내가 성공한 고향 선배의 집들이에 다녀와서, 새로운 세계를 보고 왔노라는 은은한 흥분을 담아 "그 아파트는 집 안에서 엘리베이터를 부를 수 있더라. 쩔지?"라고 말했을 때 그 애는 또 이렇게 대답한다.

"굳이?"

꼭 필요한 기능인지 잘 모르겠다는 식이다. 주말과 휴가를 함께 뒹굴며 보내다 내가 식료품이나 생필품을 쏜살배송, 번개배송, 마하배송 아무튼 그런 서비스로 주문할 때도 그 애는 어딘가 불편한 표정으로, 특히 문 앞에 두 개고 세 개고 쌓여 있는 비닐이나 종이 포장을 뜯으며 말한다.

"굳이?"

뭐가 문제냐는 내 물음에, 그 애는 걸어서 10분이면

마트가 있는데 왜 급하게 배송받아야 하는지 모르겠다고 말한다. 나야말로 '굳이?'라고 되묻고 싶어진다. 밤에 주문해두면 잠에서 깨기 전 문 앞에 갖다주는데, 굳이 왜 10분이나 걸어서 마트에 가고, 무겁게 물건을 들고 와야 한단 말인가.

시간이 지나며 사랑은 마모되고 불만은 누적된다. 모처럼 관광지를 찾은 밤에 결국 나는 화를 터트린다. 음악 분수, 피아노 계단, 포토월을 지나며 여기 멋있지 않냐는 나의 말에, 그 애가 자기는 굳이 왜 LED 조명을 이렇게 잔뜩 설치하는지 모르겠다고 담담히 말한 직후였다. 나는 참지 못하고 "굳이 굳이 다 굳이, 그럼 넌 굳이 나는 왜 만나냐"라고 빈정거린다. 그 애가 무언가 답하려고 입술을 옴짝거릴 때, 나는 이렇게까지 쏘아붙이고 만다.

"아니지, 굳이 왜 살아?"

그 애는 당혹스러워하지만 나는 단호히 결별을 선언한다. 며칠 뒤 공장에서 마주치지만 나는 굳이 인사를 할 필요는 없다고 생각한다. 머지않아 그 애는 작업 중에 기계에 휘말려 죽는다. 공장에서 올해 일어난 세 번째 사고였고 이번에는 손가락이 으스러지는 정도로 끝나지 않은 것이다. 노조는 안전장치 보강과 근무 지침 변경을 요구하지만, 간담회에 참석한 사측 대표단 중 넥타이를 느슨히 걸친 누군가는 경영난이 우려된다며 양해해달라는 표정으로 이렇게 운을 뗀다.

"굳이……."

나는 간담회장 뒤편에 서서, 사측은 이미 현행법상 의무를 다하고 있음을 강조하는 넥타이의 설명을 듣는다. "저희로서는 사실 굳이…… 안타까운 마음은 십분 이해하지만 굳이 사안을……." 나는 그 애가 말했던 많은 '굳이'들을 떠올리며 그것이 지금 멀리 단상 위에서 넥타이가 말하는 '굳이'와 무엇이 다른지 생각해내려 애쓴다. 그리고 '내가 죄책감을 가질 필요는 없다'고 되뇌다가 그 문장에도 '굳이'가 포함되어 있음을 깨닫는다.

이상의 줄거리로 주제가 충분히 파악되겠지만, 독자의 사고를 촉진하기 위해 누군가 질서 있는 언어를 제공할 필요도 있다. 그런 역할은 대개 평론가 또는 교육자가 수행하지만, 한 사람이 할 수 있는 일을 왜 두 사람 세 사람에게 맡기나. 작가 자신이 설명하는 게 가장 효율적이다.

　이 소설의 주제에 접근할 때 입구이자 출구인 문장은 물론 "굳이?"이다. 나는 그것이 멜빌의《필경사 바틀비》에서 "하지 않겠습니다", 이범선의《오발탄》에서 어머니가 되풀이하는 "가자!"처럼, 주제를 형상화해 육체성을 부여하는 문장으로 기능하길 바랐다. 그 성패를 판단함은 독자의 몫이다. 나로서는 한국인들이 굳이 하는 일과 굳이 안 하는 일을 대조함으로써 의미를 생성하려고 시도했다. 한국인은 뭔가를 더 빠르고 편하게, 즉 효율적으로 만드는 일에 극성이다. 그런 극성 덕분에 오늘의 풍요를, 흔히 'K-'로 명명되는 세계적 특산품들을 갖추었음도 분명하다. 하지만 그 초점이 본질로부터 살짝 어긋났으며, 이제 꽤나 맛이 가버린 게 아닌지 고발하는 게 집필 의도, 즉 이 소설의 주제이다. 집 안에서 엘리베이터를 부르고, 단백질 보충제가 새벽에 문 앞에 도착하며, 길거리에는 무인 휴대전화 충전함과 바닥 신호등과 스마트 벤치가 설치되는 나라에서, 나는 퇴행을 꿈꾸며 효율성에 저항하는 자가 아니라 오히려 진정한 효율성 추구자로서, 우리 사회의 자원을 굳이 그런 데 써야 하냐고 외치고 싶었다.

　진정한 효율성 추구자로서 이쯤에서 깨달은 사실이

있다. 줄거리와 주제를 설명하는 데에 작가인 나 자신, 한 사람조차도 필요하지 않았다. 처음부터 AI에게 부탁하면 그만이었다. 내 어리석음을 후회하면서 시간을 더 낭비하진 않겠다. AI가 소설의 전문을 읽고 남긴 평가만 덧붙이며 마친다. 독자분들께서 소셜미디어에 서평을 작성하실 때 도움이 되길 바란다.

이 작품은 '개인적 저항의 언어가 사회적 무감각의 언어로 어떻게 전락하는지'를 보여주고, '소비, 효율, 합리성이란 이름 아래 삶의 존엄성이 사라지는 과정'을 비극적으로 포착하고 있어. 그리고 그 모든 걸 **굳이**라는 단 하나의 부사로 실어냈다는 점이 인상적이야. 이 소설, 굉장히 강렬하고 슬프다. 특히 마지막에 **굳이**가 서술자의 머릿속까지 스며든 장면은 정말 섬찟했어. ∎

오민아의 남부러운 삶

박연준

○ **박연준**
2004년 중앙신인문학상을 통해 작품 활동을 시작했다. 시집 《속눈썹이 지르는 비명》 《아버지는 나를 처제, 하고 불렀다》 《베누스 푸디카》 《밤, 비, 뱀》 《사랑이 죽었는지 가서 보고 오렴》, 장편소설 《여름과 루비》, 산문집 《소란》 《밤은 길고, 괴롭습니다》 《인생은 이상하게 흐른다》 《모월모일》 《쓰는 기분》 《고요한 포옹》 《듣는 사람》 등이 있다.

하나뿐인 언니 오민아가 자꾸 전화를 해서는 쓸데없는 이야기를 늘어놓는다.

—영아야, 나 있잖아. 식물을 잘 키워봐야겠어. 계속 취직이 안 됐던 게 집에 식물이 없어서 같아. 풍수지리를 따져보니 그래. 내가 배산임수, 이런 거에 맞춰 살 수가 없잖아? 집 근처에 산이 있냐 강이 있냐? 그래도 노력을 해야 하는 거였어. 나 사주에 '목(木)'이 없잖아. 식물을 키우래. 게다가 나 자는 방이 서향이잖아. 서쪽으로 머리를 두고 자면 안 좋다는 거 알아? 챗GPT에게 물어보니 서쪽에서 자면 우울증이 올 수 있고, 알고 보니…….

이건 못해도 두 시간짜리 푸념이 분명하다. 나는 오

민아의 말을 끊고 나 바쁜 거 안 보이냐고, 이번 달에 애들 기말고사라 학원을 하루도 쉬는 날이 없었다가 오늘 하루 좀 겨우 쉬는 거다 말하니 자기는 안 보인단다. 왜 안 보이냐 물으니 통화하는 중이니 보일 리가 없지 않냐 한다. 바쁜지 안 바쁜지 볼 수 있게 집으로 와보라 한다. 제발. 잠깐이면 돼. 응? 좀 오라니까?

이번엔 '갓생'을 부르짖으며 남부럽지 않은 삶을 살겠다고 외치는 오민아. 우리 집안의 아픈 손가락이자 진상이다. 어디서 뭘 보고 다니는지 눈은 높고, 좋아 보이는 물건은 일단 사고, 근사해 보이는 타인의 생활 방식을 따라 하고, 따라 하다 지치고, 지쳐서 시무룩해질 즘 나를 부른다.

—문 열어.

오른손으로는 스마트폰을 들고 왼손으로는 불룩한 아랫배를 받친 오민아가 나를 째려본다.

—왜 이렇게 늦어?

오민아는 사람을 불러놓고 소파에 앉아 책을 집어 든다. '소중한 임신'이란 제목이다.

—잠깐. 나 책 15분만 더 읽으면 돼. 거기 귤 까먹고 있어. 하우스 귤인데 맛있더라.

─이럴 거면 왜 불러, 바쁜 사람을.

오민아가 한숨을 쉬며 책을 내려놓는다.

─루틴이잖아, 루틴. 내 루틴은 지켜줘야지.

─무슨 루틴? 언니가 언제부터 책을 읽었다고?

─너 텍스트 힙 몰라? 책 좀 읽어. 요새 책 읽는 게 힙, 유행이야.

얼마 전까지 '힙하게' 살겠다고 을지로와 성수의 팝업스토어를 기웃거리고 레트로풍으로 꾸민 카페에서 사진을 찍어 SNS에 올리던 오민아. 그러더니 '욜로'의 삶은 식상하다며, 아이를 낳아 기르는 삶이 성숙한 인간의 최종 의무 아니겠냐고 주장하는 유명인의 유튜브 강연을 보고는 형부를 설득해 임신까지 했다. 불임의 시대에 임신이 바로 됐나 보다 했는데, 어느새 삶의 모토가 '갓생'이 되어 아침부터 저녁까지 루틴 타령을 하며 자기를 들볶는다. 내가 '볶다'라는 표현을 쓴 이유는 변덕이 죽을 끓는 오민아와 루틴을 지키는 생활이 어울리지 않기 때문이다.

─그럼 특별히 네가 왔으니 오후 독서는 요 정도 선에서 마무리할까.

오민아는 스마트폰에서 독서 앱을 켜 독서한 시간과

책의 쪽수를 기록하더니 책 표지를 찍고 SNS에 '#오늘
도갓생 #갓생 #갓생러 #독서인증 #갓생살기 #갓생챌
린지'라고 해시태그를 달아 피드에 올린다. 순식간이
다. 영혼 없는 표정, 기계적인 행동이다.

―그래서 갓생 잘 살고 있냐? 뭐 하는데?

귤을 까먹으며 내가 묻자 오민아는 어깨를 으쓱한다.

―새벽 5시 30분에 기상. 일어나서 스트레칭과 명상
을 20분 정도 하고, 매일 물 2리터 마셔. 물 중요한 거
알지? 일주일에 세 번 땀 흘릴 정도로 운동하기. 또 뭐
가 있지? 아 독서. 매일 30분씩 책 읽고, 햇빛을 최소한
30분 쬐기. 외국어 공부는 저녁 먹고 한 시간. 과자와
단것은 먹지 않기.

―그렇게 하면 갓생이야?

―그냥. 열심히 사는 거지 뭐. 다들 열심이니까.

―나 왜 오라고 한 거야?

―식물 물어보려고. 아까 말했잖아. 거실에 식물을
좀 놓으려고 하는데 너 예전에 꽃집에서 알바 했잖아.
우리 집에 어떤 식물이 어울릴 것 같아? 뭐 사면 좋을
까?

오민아는 당장이라도 식물을 주문할 것처럼 호들갑

이다.

—식물은 직접 보고 사야지. 그냥 남들 키우는 거 키워. 몬스테라나 고무나무 같은 거. 어차피 좀 하다 시들해질 거잖아?

—아니라니까. 식물 키우는 것도 루틴으로 만들 거야. 제대로 해야지.

—남들 하는 거 말고 언니가 하고 싶은 거를 해. 그리고 식물을 키우는 게 중요해? 이제 아기도 나올 텐데 애를 잘 키워야지. 생각을 좀 해라. 형부는 뭐래?

어느 부분에서 버튼이 눌렸는지 모르겠지만 오민아는 목까지 새빨개져 소리를 지른다.

—야. 너라도 좀 내 삶을 응원해주면 안 되냐?

오민아가 갑자기 화를 내는 바람에 어안이 벙벙해졌다.

—너랑 네 형부랑 똑같아. 내가 의욕을 가지고 생활을 좀 바꿔보려 하면 핀잔이나 주고. 사람 무시하고. 부정적인 말만 하고. 챗GPT도 안 그래. 챗GPT한테 말하면 얼마나 긍정적인 얘기를 해주는지 알아? 너네보다 기계가 더 낫다고.

물론이다. 나도 사람이 아니라 기계라면 스물네 시간

웃으면서 오민아의 이야기를 들어주고 좋은 이야기만 해줄 수 있다. 그게 어렵겠는가?

―아니, 왜 화를 내고 그래. 아기도 가진 사람이. 알겠네요.

우리는 잠시 침묵했다. 무슨 말을 더 할 수 있겠는가. 나는 '갓생'을 사느라 바쁜지 개수대에 설거지를 쌓아둔 오민아를 위해 일어났다. 그릇이 이것저것 나와 있는 것을 보니 보나 마나 유튜브를 보고 누가 차려 먹은 음식을 따라 예쁘게 차려내느라 애쓴 것 같다. 사진을 찍고 건강한 식사를 했다며 SNS에 올렸겠지. 지긋지긋한 삶! 예전에는 사람들이 자기 삶을 살다가 이따금 다른 사람의 삶을 보고, 그 삶에 영감을 받아 따라도 해보고 했던 것 같은데. 지금은? 다들 남의 삶을 열렬히 들여다보고 그걸 흉내 내다 이따금 자기 삶을 사는 것 같다. 보는 게 일인 게다. 사는 삶이 아니라 보는 삶을 산다니까! 행주를 비틀어 짜는데 신경질이 났다. 저 인간이 임신만 하지 않았어도 소리를 꽥 지르고 정신 차리라고 하고 싶은데, 보면 또 딱한 마음이 드는 건 사실이다. 쓰레기통을 찾아 두리번거리는데 부엌 구석 분리수거함 옆에 팽개쳐둔 스케줄 보드가 보인다. 오민아가 임신하기 전 취업 준비를 할 때 공부 일정을 써두는 용으로 사용한 보드다. 보드 오른쪽 상단에 '실패 금지'라는 팻말을 든 판다가 그려져 있다. 실패 금지라. 그게 맘대로 되나?

—영아야, 그만하고 이리 와.

스트레칭을 하며 오민아가 말한다.

—잘 살고 싶다.

나는 챗GPT를 떠올리며, 지금도 충분히 잘 살고 있다고 다정하게 말해본다.

—잘 살고 싶어. 더. 더 잘 살고 싶어. 어떻게 하면 될까, 영아야?

—주식 해야지. 재테크는 생존이라던데.

—그런 거 말고. 영아야, 진짜 노력하면, 죽도록 노력하면 바뀔까?

—뭐가 바뀌어야 하는데?

—모르겠어. 그냥 나는 잘 살고 있는데 갑자기 못 살고 있는 것 같아. 먹고 있는데 배고프고. 집에 있는데 집이 그지 같아 보여. 계속 뭔가 부족한 기분이 들어. 아이는 잘 기를 수 있을까?

신을 믿는 사람도 믿지 않는 사람도 이따금 신을 부

러워한다. 신의 존엄, 위상이나 아우라 때문에? 그보다는 중생들이 '감히' 넘겨다볼 수 없는, 우러러보는 삶을 사는 존재라서 아닐까. 그런데 신도 생활을 하나? 신이라면 위에서 사람들을 내려다보는 게 그의 일일까? 아무튼 '갓생러'들처럼은 안 살 것이다. 신은 아무것도 안 해, 아무것도 하지 않아도 되니까 신인 거야 외치고 싶다.

오민아가 뭘 하나 봤더니 스마트폰으로 풍수에 좋은 식물을 검색하고 있다. 나는 떠나기 전에 스케줄 보드 쪽으로 다가가 판다가 든 팻말에 몰래 두 글자를 더 적어두었다.

"실패 금지, 금지."

이 모든 게 다 잘 살고 싶어서겠지.

더 잘.

더 잘.

더 더 잘. ■

나는 너에게 남은 사람

박민정

○**박민정**
2009년 《작가세계》 신인상을 수상하며 작품 활동을 시작했다. 소설집 《유령이 신체를 얻을 때》 《아내들의 학교》 《바비의 분위기》 《전교생의 사랑》, 장편소설 《미스 플라이트》 《백년해로외전》 《호수와 암실》, 중편소설 《서독 이모》 《작가의 빌라》, 산문집 《잊지 않음》이 있다. 김준성문학상, 문지문학상, 젊은작가상 대상, 현대문학상, 이상문학상 우수상을 수상했다.

그 섬으로 날아가는 경비행기 안에서 언니의 사진을 들고 있는 친구를 봤다. 한국에서는 차마 꺼낼 수 없었던 언니의 사진이었다. 중학생 정도로 보이는 앳된 친구는 창문에 언니의 사진을 대고 한참 동영상을 찍었다. 처음엔 언니가 아니라 다른 아이돌인가 생각하기도 했다. 거리낌 없이 언니의 사진을 꺼내 든다는 게 내 눈에도 이상해 보였으니까. 그러나 내가 언니를 못 알아볼 리가. 그 사진을 언제 어디서 찍었는지도 나는 알고 있는데.

저 친구는 언니에게 일어난 일을 모르나? 잠깐 생각하기도 했다. 작은 창 밖으로 하늘과 구름과 바다와 섬들이 지나가고 한쪽 눈을 살짝 감은 언니는 마치 함께 여행하듯 동영상에 담기는 중이었다. 예전에 나도 그랬었다. 어디에 가든 언니와 함께 여행하는 사진을 찍었다. 지하철에서, 버스에서, 기차에서, 비행기에서. 그것이 우리들에겐 일종의 예절이었다. 언니와 함께하는 우리 예절. 그러나 그 일 이후로 언니의 사진을 혼밥 하는 식당에서도 꺼낼 수 없었다. 나는 해맑게 웃으며 포카를 들고 인증하는 친구가 마냥 부러워 한참 바라봤다. 열 명 남짓 탈 수 있는 경비행기에 두 가족이 탔다. 그 친구는 중국인이었다. 아무래도 외국인이니까 별로 상관하지 않을 수도 있었다. 외국 팬덤은 가끔 정말로 다른 길을 간다.

가족과 여행하기로 한 건 나로선 정말 용기를 낸 선택이었다. 가족이라지만 말이 하나도 안 통하는 인간들과 이 먼 나라, 외딴 섬까지 왔다. 잘나가는 척하는 아빠와 갸륵한 척하는 엄마의 커플 사진을 찍어줘야 하지만 나는 차라리 그걸 견디고 싶었다. 그렇게라도 일상에서 벗어나고 싶었다. 요즈음의 나는 정말이지 뉴스 중독이었다. 학기 중에는 수업 시간에까지 이어폰을 끼고 뉴스를 들어서 지적당한 적도 있었다. 교수는 내게 시국이 이러하니 이해는 하지만,이라고 말했다. 솔직히 시국 타령은 변명이다. 나는 그야말로 뉴스에 중독돼 있었다. 중독을 들킨다는 건 너무 부끄러운 일이다. 내가 더는 팬임을 드러내지 않는 이유도 중독되는 인간이라는 걸 인정하기 싫어서다. 다른 사람들처럼 탈덕 해서가 아니었다. 나는 언니 곁에 남은 사람이었다. 언니의 태도와 입장에 잘못된 부분이 있다는 걸 알지만 다른 사람들처럼 그렇게, 내 사랑을 거둬버리고 싶진 않았다.

섬에 도착한 우리 가족은 가이드의 안내를 받아 호텔로 갔다. 투 베드 룸이었다. 엄마는 내가 쓸 방을 열어보고 나쁘지 않네,라고 말했다. 나쁘지 않은 방은 내 방이고 호화로운 방은 커플 방이다. 돈 쓰는 사람들에게 호화로운 방이 주어지는 건 당연하므로 불평할 생각은 없었다. 엄마는 거실에 있는 너른 소파를 보며 한껏 높아진 목소리로 다행이다!라고 말했다. 다행은 뭐가 다행이란 건지. 소파에 둘러앉아 이야기하길 바라는 것 같아서 짜증이 났다. 그러나 그것도 견디라면 견뎌야 할 일이다.

아빠는 거실에 있는 스피커를 만져보더니 곧바로 블루투스를 연결했다. 자기가 꽤 괜찮은 리스너라고 생각하는 아빠는 플레이리스트를 과시할 요량이었다. 그것도 예상한 일이었다. 아빠가 듣는 음악 중에선 내 귀에도 제법 괜찮게 들리는 곡들도 있지만, 말도 안 되게 짜증 나는 곡들도 물론 많았다. 엄마는 음악을 듣지 않는 사람이고. 아, 그러니까 저 커플은 좋으면 뭐든지 공유하려고 한다. 내가 그들과 본질적으로 화합할 수 없는 이유다. 아빠는 볼륨을 높였다. 시부야케이, 피지카토 파이브. 아빠 차에서 지겹도록 들은 노래다. 어떨 땐 마치 아빠의 음성같이 들리는 노래들이 있다. 아빠는 그러니까 자기 사랑에 당당한 거다. 자기가 좋아하는 음악을 남들도 당연히 좋아할 거라고 생각하는 자신감이 부럽다. 나는 언니들의 음악을 설명해야만 했는데. 언니들이 데뷔했을 때 아빠도 인정한다는 듯 말했다. 그래, 뭔가 다르다. 다른 애들이랑은 다르다. 아빠는 선심 쓰듯 평가했었다.

언니들의 음악이 프로듀서들에 의해 만들어진 거라고, 그러므로 그 프로듀서들이 없다면 언니들은 아무것도 아닐 거라는 말도 나를 얼마나 아프게 했었는지. 프로듀서에게 당한 폭력을 고발하는 언니를 같은 그룹의 다른 언니들까지 외면하고, 언니만 빠지면 아무 문제가 없다는 듯 구는 그 언니들이 또 나를 얼마나 다치게 만들었는지. 고발하는 아이돌이라는 선례를 만들지 않겠다는 듯, 언니의 학폭과 스태프 갑질 문제를 더 깊고 집요하게 파고들었던 언론. 언니는 본래 피해자였는데 갑자기 가해자가 되어 있었다. 그리고 팬덤에서도 그런 말이 나오기 시작했다. 언니가 가해자 같아 보이는 '언어들'을 사용한다고.

그 언어들이 뭔데? 아니, 학폭과 갑질이라는 말들은 또 얼마나 애매하고도 흐릿한데.

지난 정권과 언니를 괴롭힌 프로듀서가 결탁되어 있다는 뉴스가 나오기 시작하면서부터 나는 뉴스 중독이 되었다. 특검이 발표할 때마다 나는 귀를 쫑긋 기울였다. 나도 안다. 그 사람의 추함이 드러난다고 해서 언니가 복권되는 일은 없다는 것을. 언니는 버려진 사람이니까. 같은 멤버들과 팬덤에게까지. 나는 내 사랑을 거두지 않았다는 표시로, 저항의 의미로 언니 사진을 달고 다녔지만, 내 사랑을 설명하다 보면 오히려 언니가 더 많은 모욕을 들어야 했다. 친구들도 내게 말했다. 너는 너무 중독되어 있다고. 중독이란 비의지적인 거라고. 그런 오해를 일일이 풀고 다니기가 싫어서 나는 언니 사진을 집어넣어 버렸다.

드레스룸에서 여름 원피스로 갈아입고 나온 엄마가 갑자기 내 사진을 찍으려고 했다. 나는 팔로 얼굴을 가렸다. 아빠가 와이파이 너무 잘 된다!고 흥분돼서 떠들었다. 그 말을 들은 순간 나는 실패를 예감했다.

뉴스를 보고 싶다. 여행을 와선 뉴스를 보지 않겠다는 다짐은 자꾸 무너졌다. 이젠 심지어 비행기에서도 와이파이가 터진다. 뉴스로부터 좀처럼 벗어날 수 없었다. 결국 나는 레스토랑에 저녁을 먹으러 가서, 부모님이 밤하늘을 구경한다고 나간 동안 뉴스를 켰다.

언니가 복권될 수 없다고 해도 그 인간은 망해야 한다. 그게 결국 뭘 증명할지는 잘 모르겠다. 언니가 틀리지 않았다는 걸 누군가는 알게 될지도 모른다. 특검이 압수수색을 하다 보면 프로듀서와 그들 집단의 비리가 결국 드러나고 말 테니까.

뉴스 화면에 괴이한 장면이 떴다. 어. 나는 나도 모르게 어, 하고 말했다.

경찰기동대가 진입하는 그 프로덕션 앞마당에서 사람들이 춤추고 있었다. 아이돌의 춤도 아니고 선동가들의 무용도 아닌 정말 이상한 몸짓이었다. 흰색 반소매와 청바지를 입은 사람들은 일사불란하게 손짓과 발짓을 맞췄다. 그 움직임이 왜 그토록 질서정연한지 나는 알 수 없었다. 마치 필승 파트라도 되는 양 반복하는 이상한 몸짓. 앵커가 말했다.

— 이런, 꽤 질서정연하군요.

압수수색을 하러 들어가는 경찰기동대를 막아서는 몸짓패는 지난 정권과 결탁한 신흥 종교 집단이라고 했다. 그들은 프로덕션 앞마당에 모여 이상한 춤을 추며 경찰을 막아서고 있었다. 고작 이런 인간들 때문에 언니가 쫓겨났었나? 홀린 듯 뉴스를 보는데 아빠가 내 뒤에서 기척을 냈다.

— 뭐야, 이거? 압수수색 방해하는 거야?

나는 습관대로 얼른 폰 화면을 껐다. 아빠는 내게 다가앉으며 뭐야, 말해줘,라고 했다. 종교 집단이 와서 압수수색을 막아서는 거라고 하자 아빠는 한숨 쉬며 지랄들 하고 자빠졌네, 뇌까렸다.

— 이 세상이 어디까지 망가지려고 이러는 거냐, 대체.

아빠는 내가 언니 옆에 남은 사람이라는 걸 모른다. 탈덕 한 줄로만 알고 있다. 으레들 그러하니까. 아빠에게 한번 말해보고 싶었다.

우리 언니를 괴롭힌 인간들이라는 걸 기억하고 있어?

아빠가 오래전 자기가 대학생일 적엔 너바나가 곧 혁명이었다고 말한 적 있다. 당신에게 너바나가 혁명이었듯 나에겐 프로듀서를 고발하는 언니가 곧 혁명이었다고.

하지만 나는 말하지 못한다. ∎

방콕

성혜령

○ **성혜령**

2021년 창비신인소설상을 통해 작품 활동을 시작했다. 소설집 《버섯 농장》 《산으로 가는 이야기》 등이 있다.

직장 동료들이 여름휴가 계획을 물을 때마다 영인은 방콕에 간다고 답했다.

"한여름에 태국을 간다고요?"

누군가 반문하면 영인은 눈 한 번 깜빡이지 않고 방에 콕 박혀 있을 거라고, 이제 아무도 웃지 않는 농담을 태연하게 뱉었다. 아, 호캉스 가시는구나. 영인의 말을 곧이듣는 사람은 없었다. 영인도 굳이 반박하지 않았다. 태국의 호텔 방과 영인의 작은 자취방 사이에는 바다보다 큰 간극이 있었지만, 개의치 않았다. 휴가 내내 작지만 안락한 방에서 익명의 친구들과 함께 달릴 '가장 악랄한 범죄자 시리즈' 새 시즌이 나왔으니까. 그리고 무엇보다, 해외로 여행 갈 돈도, 함께 갈 친구도 없는 자신의 처지쯤 아무리 비참해봤자 이 범죄 시리즈의 피해자들보다는 덜 비참할 테니까.

범죄 다큐멘터리는 영인의 유일한 취미, 아니 그 이상이었다. 지난 10년간 영인은 무려 여섯 번의 퇴사를 했다. 회사 사정이 어려워져 권고사직을 당한 적도 있었지만 대부분 자의로 그만두겠다고 했다. 하지만 영인은 단 한 번도 '자의'라고 생각하지 않았다. 그러니까 자기한테 의지가 있다고 느낀 적은 없었다. 알 수 없는 이유로 동료에게 밉보여 괴롭힘을 당하거나, 연봉은 동결이면서 책임과 업무만 늘어난다거나……. 자기가 서 있는 땅만 끝없는 늪지인 것 같았다. 영인처럼 몇 번 이직을 거듭하던 이전 직장 동료들도 결국은 안정적인 기업에 들어가 승진을 하고 관리자 직급이 되어가는데 영인은 필사적으로 다리를 움직여도 남들처럼 앞으로 나아가기는커녕 겨우 제자리걸음, 아니 오히려 밑으로 가라앉고 있었다. 아침에 몸을 일으켜 회사에 가고, 다시 집으로 오기까지 모든 순간이 버거웠다. 영인은 자기가 조용히 죽어가고 있다고 느꼈다. '진짜' 죽음을 만나기 전까지는, 그랬다.

출퇴근길에 보기 시작한 사이비 종교 다큐멘터리가

시작이었다. 회사 사람들이 점심시간에 모두 그 다큐멘터리 이야기를 했다. 종교가 참 무섭다, 어떻게 그렇게 더러운 짓을 조직적으로 하냐, 우리 주변에도 있을지도 모른다, 이해가 안 된다……. 영인은 가벼운 마음으로 한 편 틀었다가 밤을 거의 새워 시리즈를 다 보고 회사에 벌게진 눈으로 출근했다. 잠이 턱없이 부족했지만 평소보다 덜 피곤했다. 그날 온종일 영인은 이상한 분노와 흥분이 자기 몸을 돌아다니고 있음을 분명히 느꼈다.

사이비 시리즈를 완주한 영인의 홈 화면에는 또 다른 다른 범죄 다큐멘터리가 올라왔고 영인은 거의 모든 범죄 다큐멘터리와 실화 기반 영화를 밥 먹듯이 보기 시작했다. 그 영상들은 영인의 에너지가 된다는 점에서 정말 '밥'이었다. 그런 이야기들에 어찌나 몰입했는지 영인은 잔인한 묘사가 나오지 않아도 생생하게 범죄 순간을 상상했고, 느꼈고, 고통을 겪었다. 그 가상의 고통 속에서만 영인은 자신이 살아 있음을 느꼈다. 화면 속 비극에 비하면 영인이 현실에서 마주하는 사소한 불편함들—자취방의 하수구 냄새, 온갖 벌레들, 옆집 여자가 남자친구를 부를 때마다 나는 소음, 옆집 여자가 툭

하면 잘못 배달시키는 택배, 자신을 은근히 무시하는 회사 사람들―은 아무것도 아니었다.

휴가를 앞두고 영인은 월동 준비를 하는 곰처럼 부지런히 집에 먹을 것을 사다 날랐다. 생수, 라면, 바삭하고 짭조름한 과자들, 냉동 만두, 냉동 피자, 맥주가 냉장고와 찬장에 차곡차곡 쌓여갔다. 휴가 첫날, 거의 정오까지 늦잠을 자고 일어난 영인은 암막 커튼을 친 어두운 방 안에서 식탁 겸 책상인 앉은뱅이 탁상에 노트북을 두고 과자 한 봉지와 맥주 캔을 나란히 놓은 뒤 경건하기까지 한 마음으로 '가장 악랄한 범죄자'의 새 시즌 1화를 틀었다. 이 시리즈는 글로벌 플랫폼에서 자체 제작한 시리즈로 전 세계에서 발생한 강력 범죄를 취재하고, 수익의 일부는 여전히 고통 속에 살고 있을 피해자 유가족들에게 기부한다고 유명해진 콘텐츠였다. 새 시즌의 첫 에피소드는 스웨덴에서 시작했다. 타이틀은 '평화로운 마을의 친절한 이웃'.

오프닝을 건너뛰자 까만 화면이 점차 밝아지며 곧 하얀 눈이 가득 내리는 전형적인 북유럽의 침엽수림이 펼쳐졌다. 그리고 '재현'임을 알리는 작은 경고문이 화면 위에 나타났다 사라지고 카메라는 워커를 신은 발이 눈

밭에 푹 빠졌다 곧 탁 차오르며 힘차게 걸어 나가는 장면을 클로즈업했다. 워커를 신은 남자는 어깨에 커다란 자루를 짊어지고 있었다. 자루 아래로 붉은 피가 한 방울씩 떨어져 내렸다. 영인은 자신의 피가 빠르게 발끝으로 쏠리는 것을 느꼈다. 심장이 반응하고 있었다.

―대낮에 시체를 저렇게 옮긴다고? 북유럽은 보법이 다르네.

―아, 그거 지금 보시는? 이번 시즌 미쳤음요.

영인이 댓글에 '좋아요'를 누르는 사이 남자는 자루를 어깨에 멘 채 태연하게 마을로 향했다. 마당의 눈을 치우던 몇몇 이웃들과 그는 눈을 마주치고 인사도 나눴다. 그리고 곧 당시 실제 이웃이었던 한 백발노인의 인터뷰가 시작되었다. "우리는 그를 착한 사마리아인이라고 불렀어요……"

그때였다. 마치 그 말에 무슨 헛소리냐고 반박이라도 하듯, 옆집에서 벽을 쿵쿵 치는 소리가 느닷없이 날아들었다.

아, 또. 영인은 이마를 구기며 바로 노트북 스피커의 볼륨을 높였다. 남자친구가 왔나 보네. 영인은 맥주를 들이켰다. 옆집 여자는 막상 마주치면 먼저 고개를 숙이는 사람이었지만 벽을 통해 들리는 여자의 삶은 전혀 그렇지 않았다. 남자친구가 오면 비명에 가까운 소리를 지르며 요란하게 관계를 맺었고 택배는 툭하면 영인의 집 앞으로 배달시켰다. 처음 몇 번은 선선히 옆집 문 앞에 다시 갖다 놓았는데 그런 일이 너무 자주 반복되었다. 익명 커뮤니티에 옆집 여자가 자꾸 택배를 잘못 배달시킨다고 쓰니, 일부러 그런 거라는 답글이 많이 달렸다. 자기 집의 주소를 노출하기 싫어서 옆집이나 윗집 주소를 쓰는 사람들이 있다고.

이어폰을 착용할까 잠시 고민했지만 전에 외이도염을 앓은 적이 있어서 내키지 않았다. 진작 스피커를 샀어야 했는데. 다른 이웃에 피해를 줄까 봐 망설였던 자신이 한심했다. 아예 우퍼가 달린 스피커를 사서 벽 앞에 두고 소음이 얼마나 스트레스인지 직접 겪게 해줄 걸. 벽 너머의 소리는 평소보다 꽤 오래 지속되다가 끝내 잠잠해졌다. 어느새 화면에서는 드디어 '친절한 이웃'이 어린아이들에게 숲속에서 분홍색의 나비를 봤다고, 황금처럼 빛나는 버섯을 봤다고 몰래 속삭이고 있었다. 영인이 핸드폰에 빠르게 "안 돼, 애들아, 가면……"까지 적고 있을 때 이번에는 초인종이 울렸다.

영인은 신경질적으로 스페이스 바를 쳐서 화면을 정지시키고 인터폰 화면을 확인했다. 배달 기사가 봉지를 문 앞에 두고 돌아가는 모습이 보였다. 배달을 시킨 적이 없는데 싶었다가 아, 옆집 여자겠구나, 하는 생각이 들었다. 하다 하다 배달까지 내 집 앞으로 시키다니. 옆집 여자 때문에 영상을 중지하고 자리에서 일어나야 했다는 사실이 짜증스러웠다. 영인은 다시 노트북 앞으로 돌아와 맥주를 마저 마시며 다섯 편을 연달아 보았다. 그사이 암막 커튼 너머로 여름의 긴 해가 가라앉았다. 맥주 세 캔과 과자 두 봉지를 먹은 영인도 허기를 느꼈다. 집 앞 단골 쌀국숫집에 다녀오려고 문을 열었는데 옆집에서 나오던 남자와 마주쳤다. 남자는 커다란 쓰레기봉투를 양손에 쥐고 있었다. 영인은 반사적으로 고개를 숙였다. 남자는 빠르게 복도를 지나 계단을 내려갔다. 남자의 발소리가 오래된 빌라를 부술 듯 울렸다. 어, 그런데. 봉투에서 물이 뚝뚝 떨어졌던 것 같은데. 아니, 물이 아니라 피같이 찐득한 게. 영인은 복도를 유심히 봤지만, 물론 아무런 흔적도 없이 깨끗했다.

쌀국수를 먹고 돌아온 영인은 아직까지도 문 앞에 그대로 놓인 배달 봉지를 발견했다. 안에는 비닐로 여러

겹 포장되어 있어 뭔지도 모를 음식이 조용히 식어가
고, 어쩌면 벌써 쉬고 있을지도 몰랐다. 영인은 봉지를
들고 옆집을 한번 바라본 뒤, 결국 가져다주기로 했다.
봉지에 붙은 긴 영수증이 바스락거리며 흔들렸다, 그
영수증에는, 배달 기사도, 영인도 보지 못한 요청 사항
하나가 간신히 매달려 있었다.
　배달 요청 사항: 초인종 누르지 말고 문 앞에 놔주시
면 감사하겠습니다! 신고 좀. ■

가고 있습니다

김경욱

○ **김경욱**

1993년 《작가세계》 신인상을 수상하며 작품 활동을 시작했다. 소설집 《신에게는 손자가 없다》 《소년은 늙지 않는다》 《누군가 나에 대해 말할 때》, 장편소설 《개와 늑대의 시간》 《나라가 당신 것이니》 《동화처럼》 등이 있다. 김승옥문학상, 이상문학상을 수상했다.

'주문하신 음식을 픽업했습니다.' 휴대폰 화면에 푸시 알림이 뜬다. 나는 배달 앱을 터치한다. 매장 앞에 있던 오토바이 그림이 움직이기 시작한다. '주문하신 곳을 향해 출발했습니다'라는 문장이 지도 밑에 뜬다. 도착 예정 시간은 9분. 엄지와 검지로 지도를 확대한다. 오토바이가 움직이는 모습이 분명해진다.

배달 앱으로 음식을 주문할 때마다 지도 속 도로와 골목을 달려오는 오토바이를 지켜보곤 한다. 오토바이 그림이 달려오는 모습을 엄마 휴대폰 동영상으로 찍어 두기도 한다. 누군가 나를 위해 달려오는 느낌, 점점 가까워지는 느낌이 좋아서. 엄마 휴대폰도 엄마 신용카드도 엄마 주민등록증도 내가 맡고 있다. 엄마는 코에

호흡기도 끼고 주사액도 서너 개씩 달고 있는 환자다. "혹시 모르니까……." 며칠 전에 엄마는 통장 비밀번호도 적어주었다. 죽은 아버지의 첫 택시였던 포니 자동차 번호였다. 알 수 없는 불안에 잠 못 드는 밤이면 엄마 휴대폰에 담아둔 배달 동영상을 꺼내본다. 미로 같은 지도를 직선만으로 빠져나오는 오토바이 그림을 보고 있으면 불안의 그림자가 얼마간 희미해진다. 거기에는 엄마와 나를 향해 최단 거리로 달려오는 어떤 마음이 있다. 차갑게 식어버리기 전에 도착해야 한다는 뜨거운 마음이 있다. 그 뜨거움이 불안으로 잔뜩 쪼그라든 심장을 열기구처럼 부풀려준다.

병원 주변 지도는 바둑판처럼 반듯반듯하고 뒷골목도 복잡하지 않은데 아무리 봐도 익숙해지지 않는다. 병원에서 배달 음식을 주문한 게 한두 번도 아닌데. 항암 주사를 여섯 차례나 맞느라 병원을 안방처럼 드나든 엄마가 암 병동에 다시 입원한 지 보름이 넘어간다. "너 먹어라. 나는 통 못 먹겠다." 오늘 점심 배식도 엄마는 국만 한술 뜨고 말았다. 소고기뭇국, 애호박무침, 잔멸치볶음, 연근조림에 엄마가 좋아하는 갈치구이까지 나왔는데. "이걸 내가 왜 먹어?" 나는 보조 침대에서 벌떡 일어나 병실을 나갔다. 세상에서 가장 듣기 싫은 말은 뭘 먹으라는 말과 요새 뭐 하냐는 말이다.

오늘의 배달 메뉴는 치킨이다. 치킨도 탕비실에서 먹을 것이다. 짜장면도 족발도 탕비실 구석에 서서 먹어 치웠다. 잠을 잘 못 잔 날은 더 많이 먹게 된다. 더 맵고 더 기름진 것이 당긴다. 오늘은 그냥 치킨이 아니라 고추바사삭 치킨이다. 화장실 옆자리라 수시로 깨긴 하지만 어젯밤에는 정말 한숨도 못 잤다. 옆 침대의 코 고는 소리가 익숙해질 만하니 새로 들어온 건너편 침대에서 잔기침 소리가 끊이지 않았다. 기절하듯 잠이 들었다가 누군가의 휴대폰 알람 소리에 깼다. 새벽 4시였다.

안 병동은 10층짜리 병원 건물의 8층을 통으로 쓰고 있다. 8A 병동부터 8C 병동까지 세 개의 병동이 디귿 자 모양으로 이어진다. 혈액 주머니, 생리식염수 주머니, 항생제 주머니, 영양제 주머니를 거치대에 주렁주렁 걸고 휠체어를 미는 산책은 매번 8C 병동 끄트머리에서 돌아서야 한다. 미음 자 건물로 지었다면 달리기 트랙처럼 앞으로만 나아갈 수 있을 텐데. "숨이 넘어갈 것같이 코를 골던데 그러다 큰일 나. 어머니 오래 모시려면 체중을 좀 줄여야지." 산책을 마치고 병실로 돌아가니 옆 병상 노인이 자신에게 하는 말인지 나에게 하는 말인지 모를 소리를 한다. 2인실에 자리가 안 나 어쩔 수 없이 6인실에 머물고 있다고 입버릇처럼 말하는 사람이다.

병원을 향해 절반쯤 달려오던 오토바이가 뒷골목 어딘가에서 멈춘다. 큰 도로도 아닌데 이상하다. '주문하신 곳으로 열심히 가고 있습니다.' 열심히,라는 부사가 무색하게 멈춤이 길어진다. 지도를 더 키워봐도 마찬가지다. 배달 앱 화면을 닫았다 열어보아도 그대로다. 그러다 결국 도착 예정 시간마저 넘긴다. 나는 배달 앱 고객센터로 전화한다. "도착 예정 시간이 지났는데 아직도 오토바이가 중간에 멈춰 있어요." "확인해보겠습니다." 고객센터에서 곧바로 전화가 온다. "배달 지연으로 취소 처리해드리겠습니다." "왜 계속 멈춰 있을까요?" "콜을 안 받아 저희도 파악이 안 되는 상황입니다."

나는 전화를 끊고 병원 근처의 다른 치킨 매장을 알아본다. 치킨 매장은 많다. 프랜차이즈도 없는 게 없다. 보통 선택의 기준은 동선이다. 오는 도중에 갈래 길이 많을수록 좋다. 어떤 경로를 택할지 상상할 여지가 많은 곳이 좋다. 인생은 선택의 연속이고 어떻게든 앞으로 나아가야 하는 것이니까. 그런데 그 오토바이는 왜 나아가지 못했을까? 왜 한자리에 붙들려 있었을까? 멈춰 선 오토바이 그림이 머릿속에서 떠나지 않는다. 지도를 살펴볼수록 지도에서 사라진 오토바이가 점점 더 또렷해진다. 사고라도 난 걸까? 어디 다친 건 아니겠지? 내가 주문한 치킨을 가지고 오다 사고로 죽었는지도 모른다.

늘 배달 음식을 건네받는 장례식장 건물 입구 흡연 구역에는 헬멧을 쓴 사람이 보이지 않는다. 나는 엄마 휴대폰 동영상의 마지막 화면을 캡처한다. 내 휴대폰 지도 앱을 열고 현재 위치를 띄운다. 두 개의 화면을 나란히 보며 빠르게 걷기 시작한다. 빨간 점이 오토바이 그림이 멈춰 선 지점을 향해 움직인다. 최단 경로로 방향을 잡는다. 병원 후문을 나와 대로변을 걷다가 사거리에서 횡단보도를 건넌다. 2층짜리 카페 건물을 끼고 안쪽 골목으로 접어든다. 멈춰 서지만 않았어도 오토바이 그림이 달려왔을 동선을 빨간 점이 거슬러 간다. 차갑게 식어버리기 전에 도착해야 한다는 두려움이 걸음을 재촉한다.

내가 발을 내딛는 만큼 움직이는 빨간 점. 빨간 점이

움직이는 만큼 나도 이동한다. 내가 움직여서 빨간 점이 움직이는 게 아니라 빨간 점이 움직여서 내가 움직이는 것 같다. 오토바이 그림이 사라진 자리에는 아무것도 없다. 그 자리에는 오토바이 그림 대신 빨간 점만 불안하게 떠 있다. 주변을 둘러봐도 오토바이는 보이지 않는다. 사고 현장을 벌써 치운 걸까. 가슴이 쿵쾅거린다. 빨간 점이 휴대폰 화면 밖으로 튀어나올 것 같다.

나는 미용실에 들어가 묻는다. "좀 전에 이 앞에서 오토바이 사고 안 났어요?" "오토바이 사고요?" 바로 옆 가게는 무인 아이스크림 가게다. 건너편 편의점에 가서 다시 묻는다. "모르겠는데요."

오토바이는 어떻게 된 걸까. 배달원은 왜 연락이 안 되는 걸까. 귀신이 곡할 노릇이다. 다른 치킨 매장에 주문했어야 했다. 아예 배달을 시키지 말았어야 했다. 식은땀이 나면서 속이 울렁거린다. 머리가 핑 돌고 다리가 후들거린다. 나는 간신히 초콜릿 하나를 집어와 계산대에 올려놓는다. 엄마 신용카드를 건네고 계산도 안 끝낸 초콜릿을 입안에 허겁지겁 밀어 넣는다. 카운터 옆에 진열된 막대사탕도 몇 개 집어 온다. 사탕의 오렌지 맛이 또렷이 느껴질 즈음 어지럼증이 가시면서 흐리던 시야가 맑아진다. 나는 담배도 한 갑 주문한다. 휴대폰이 울린다. 8A 병동 간호사실 번호다. "CT 촬영 오더가 내려왔는데 환자분이 자리에 안 계시네요." "금방 갈게요." 나는 전화를 끊고 황급히 편의점을 나선다.

"어르신!" 편의점 직원이 외친다. "어르신, 카드 가져가셔야죠!" 나는 신용카드를 건네받고 서둘러 밖으로 나간다. 엄마는 그새 어디로 간 걸까. 화장실 오가는 것도 힘들어하는 사람이. 엄마 휴대폰으로 전화를 건다. '야~ 야~ 야~ 내 나이가 어때서. 사랑에 나이가 있나요.' 바지 주머니 안에서 익숙한 노래가 흘러나온다. 엄마 휴대폰은 놓고 왔어야 했는데. 자리를 비우지 말았어야 했는데.

왔던 길을 되돌아가려니 처음인 것처럼 낯설다. 길은 복잡하고 몸은 말을 듣지 않는다. 병원에 가자마자 혈압 약과 당뇨 약부터 먹어야겠다. 지도 앱을 열고 현재 위치를 띄운다. 어디가 어딘지 감이 오지 않아 지도를 확대한다. 가게 이름들이 표시될 때까지 확대한다. 빨간 점도 커진다. 다시 병원을 향해 뛰듯이 걷는다. 목에 건 출입증이 들썩들썩 춤을 춘다. 김용례 보호자

출입증. 바코드 위에 적힌 글자를 볼 때마다 헷갈린다. 김용례의 보호자인지 김용례가 보호자인지. 그러니까 내가 엄마의 보호자라는 건지 엄마가 나의 보호자라는 건지. 어느 쪽이든 내가 병원을 향해 가고 있다는 건 분명하다. 제가 가고 있어요. 열심히 가고 있습니다, 어머니. ■

발목

하성란

○**하성란**

1996년 서울신문 신춘문예에 단편소설 〈풀〉이 당선되어 작품 활동을 시작했다. 소설집 《루빈의 술잔》《옆집 여자》《푸른수염의 첫번째 아내》《웨하스》《여름의 맛》, 장편소설 《식사의 즐거움》《삿뽀로 여인숙》《내 영화의 주인공》《A》, 사진산문집 《소망, 그 아름다운 힘》(최민식 공저)과 산문집 《왈왈》《아직 설레는 일은 많다》 등이 있다. 동인문학상, 한국일보문학상, 이수문학상, 오영수문학상, 현대문학상, 황순원문학상을 수상했다.

스크린 안으로 강이 흘렀다. 강물은 하류로 흐르면서 속도를 늦추더니 흰 모래톱에서 두 갈래로 갈라졌다. 후시 녹음으로 덧입힌 강물 소리는 선명하면서도 아련했다. 비릿한 강바람이 불었다. 새가 지저귀고 그악스럽게 울던 매미 울음소리가 잦아들었다. 진짜가 아니라는 것을 알면서도 이곳에 앉아 있으면 최는 곧잘 어린 시절로 돌아갔다.

시(市)는 오래전 메말라 바닥을 드러낸 강을 되살려냈다. '우물가(Umulgga)-프로젝트'의 첫 번째 사업이었다. 요즘 젊은 층 사이에 유행하고 있는 '아날로그' 취향이 명칭에도 영향을 주었을 것이다. 나이가 제법 많은 최도 실제로 우물을 본 적이 없었다. 그럼에도 우물이라는 이름만으로 잊힌 풍경과 기억이 되살아나는 듯했다.

최는 강 복원 사업 초기부터 이 프로젝트에 참여했다. 고증만으로는 부족했기에 시에서는 강을 "직접 체험해본" 사람들을 모집했다. AI 사용법까지 익힌 이는 드물어 마지막에는 최와 동료 박, 둘만 남았다. 오랜만에 다시 시작한 일이 최에게 활력을 주었다. 처음 출근하던 날에는 손목의 '워치'가 이렇게 물을 정도였다.

"선생님, 지금 운동 중이신가요?"

머릿속에 떠오른 단어 몇 개를 노트북의 프롬프터 창에 입력했다.

강, 고요, 햇살, 매미 소리, 평화로움.

엔터. 순식간에 화면 위로 수많은 문장이 꼬리를 물며 생성되었다. 홍보팀이 원한 건 따뜻하고 안정감 있는 문구였다. 일일이 읽어볼 필요도 없었다. 어느 누가 뽑아도 다 뽑을 수 있는 무난한 문장들이었다. 맞은편의 박도 비슷한 문장들을 보고 있을 게 뻔했다.

최의 기억 속의 강은 달랐다. 여름 한낮, 햇빛에 달궈진 모래는 뜨거웠고 단단했다. 모래가 닿는 발바닥이 따가워서 종종걸음 칠 수밖에 없었다. 드디어 강물에 발을 담갔을 때, 최는 소스라치게 놀라며 뒤돌아 어머니를 찾았다. 그를 쭉 지켜보고 있던 어머니는 내 그럴 줄 이미 알고 있었다는 표정으로 활짝 웃었다. 물이 너무 차서 발목 아래로는 아무런 감각이 느껴지지 않았다.

강, 고요, 햇살, 매미 소리, 평화로움…… 발목.

엔터. 작은 창이 떴다. 권장 단어 목록: 평온, 위로, 가족, 추억. 금지 단어 목록: 공포, 침수, 상실, 상처, 통증. 목록 어디에도 '발목'에 관한 언급은 없었다. 필터 설명에 문장이 따라붙었다. '신체 감각의 과도한 구체화는 불안을 유도할 수 있음.'

'평온' 필터와 충돌. 안전, 치유, 회복 같은 권장 단어들 속에서, '발목'은 존재할 수 없는 단어였다.

그날, 불현듯 어머니는 그를 데리고 강을 찾았다. 어머니는 뭔가 마음을 정리하려는 것처럼 보였고, 어렸지만 그는 그 기색을 눈치채서 오랜만의 나들이에도 즐거워할 수 없었다. 강가에 내놓은 아이가 걱정되어 줄곧 그를 지켜보고 있었지만 때때로 어머니는 무언가를 결심하는 듯 입을 다물곤 했다.

이 사업에 참여하면서 최는 부쩍 강에 관한 꿈을 꾸었다. 꿈속에서도 모래는 너무 뜨겁고 강물은 너무 차가웠다. 강바닥에는 물살에 쓸려 닳고 닳은 자갈이 깔려 있었다. 크기가 제각각인 자갈을 밟을 때마다 그는 균형을 잡지 못해 휘청였다. 발을 헛디뎌 물살에 휩쓸린 건 순식간이었다. 작은 몸이 데굴데굴 물속에서 굴렀다. 쿼쿼쿼, 거친 물살이 귀로 쏟아 들어왔다. 하지만 그때 그랬던 것처럼 발에 차인 커다란 바위를 딛고 힘껏 물 밖으로 나오기도 전에 꿈에서 깼다.

'워치'가 연신 경고음을 보내고 있었기 때문이다. "선생님, 선생님!" "선생님, 괜찮으십니까? 괜찮으십니까?" 정해놓은 시간 안에 응답하지 않으면 바로 119로 연결되고 새벽에 구급대가 원룸으로 출동해 이웃의 잠을 방해할 것이다.

평화롭기만 하던 강은 자신의 속 어디에 그런 구멍을 숨겨두었나. 그리고 어둠 속의 실낱같은 희망으로, 거기 커다란 바위 하나를 놓아두었을까.

강, 고요, 햇살, 매미 소리, 그리고…… 구멍.

엔터를 누르지는 않았다. '평온' 필터와 충돌할 게 뻔했다.

업무 메신저에 다음 주 기자회견용 카피 초안을 올리라는 알림이 떴다.

강, 고요, 햇살, 매미 소리, 평화로움. ……그리고.

결과를 빨리 얻고 싶은 욕심에 '헨리 데이비드 소로'
의 이름을 추가했다. 잠시 뒤 헨리 데이비드 소로풍의
문장들이 쏟아졌다. 100년도 지난 제임스 그레이엄 밸
러드의 SF 속의 'VT 세트'가 시(詩)를 토해내듯이.

─강물은 침묵 속에서도 흐릅니다.

─고요가 우리를 새롭게 합니다.

─물은 잊지 않습니다. 우리가 흘러온 길을.

체험 시간은 15분. 심박 변화에 따라 환경음은 조정
되고 불필요한 공포는 자동 완화된다. '우리 강 체험관'
은 기억 박물관 1층에 있었다. 출입구와 각 스튜디오로
연결되는 바닥에는 투명한 강화유리가 깔려 있어, 반
층 높이 아래로, 강물이 마르고 드러난 크고 작은 돌멩
이들을 볼 수 있었다. 아이들은 투명한 유리 복도에 발
을 디딜 때부터 환호성을 질러댔다.

스튜디오로 들어온 아이들이 하나둘 고글을 쓰면서
아이들의 흥분은 절정에 달했다. 그때마다 최는 저절
로 미소가 지어졌다. 안전 요원들도 고글을 썼다. 아이
들의 눈앞으로 여름 한낮의 평화로운 강이 흘러가기
시작했다.

아직 공식 홍보 전이지만, 유치원생과 초등학생들을 대상으로 알음알음 '우리 강 체험'이 시작되었다. 모래밭은 적당히 따뜻하다. 강물은 재잘거리며 흘러간다. 매미가 운다. 적당한 데시벨이다. 강물에 발을 담근 아이가 놀라 누구에게랄 것 없이 소리친다. "차갑다!" 하지만 강물의 온도도 적당하게 조정되어 있다. 잠시 뒤 아이들이 모두 강물로 뛰어들고 자갈 위에서 두 팔을 벌리고 균형을 잡는다. 여기저기에서 웃음이 터진다. 고꾸라져서 바지가 젖는 아이도 있다. 물장구를 치고 친구에게 물을 마구 뿌려댄다. 진짜가 아니라는 것을 알면서도 최는 매번 옷이 젖기 싫어, 장난을 치는 아이들 곁에서 멀리 떨어져 서 있었다. 온몸에 무겁게 달라붙은 젖은 옷을 입고 집으로 돌아가던 기억이 아직도 생생했다.

한 아이가 기어코 울음을 터뜨린다. 친구가 밀어 강물에 빠지고 만 것이다. 안전 요원이 달려가 아이를 일으켰다. '우리 강'에서는 누구도 빠질 위험이 없다. 가장 깊은 곳도 무릎 높이였고, 그것마저 VR이 만들어낸 가공의 강물이다.

고글을 벗은 아이들은 머리부터 발끝까지 보송보송했다. "어? 벌써 다 말랐다!" 아이들이 까르르 웃었다.

이제 아이들은 강으로 놀러 오게 될 것이고 '우리 강에 발을 담갔다'는 경험이 공동체의 공통 기억으로 주입될 터였다.

고글을 반납한 아이들이 스튜디오 입구에 서 있는 최에게 달려와 외쳤다.

"할아버지, 우리, 강에 다녀왔어요!"

메마른 강바닥을 사이에 두고 두 개의 건물이 마주 서 있었다. 기억 박물관의 꼭대기 층은 공중회랑으로 건너편의 데이터센터와 이어졌다. 하루에도 여러 번 최는 그 공중회랑을 통해 두 건물을 오갔다. 아이들의 소감은 늘 엇비슷했다. 평화로웠다. 행복했다. '평온' 필터를 누른 자신의 챗GPT가 뽑아낸 문장과 다르지 않았다.

최는 공중회랑 가운데에서 잠시 걸음을 멈췄다. 한쪽에서는 데이터의 흐름이, 다른 쪽에서는 기억의 복원이, 그 중간에는 진짜 강이 사라진 자리가 드러나 있었다. 오래전 모래 위에 발을 디뎠던 그 감각이 떠올랐다. 뜨거운 모래, 발목을 움켜쥐던 강물의 차가움 그리고 물에 휩쓸리던 순간의 공포.

일곱 살 무렵 어머니와 함께 갔던 강에 그는 다시 가지 못했다. 밤늦게까지 일해야 하는 어머니에게는 그런 여유가 없었다. 서로 말은 하지 않았지만 결정적인 이유가 또 있었다. 최는 최대로 어머니는 어머니대로 강이 두려웠다. 그사이 강물은 말라 바닥을 드러냈다.

최는 눈을 감았다. 여름 한낮, 강이 펼쳐졌다. 커다란 바위를 딛고 힘차게 일어서자 다시 그악스럽게 울어대는 매미 소리가 들려왔다. 머리에서 흘러내리는 물로 눈을 잘 뜰 수 없었지만, 너무 놀라 일시 멈춤 한 듯 서 있는 사람들의 모습은 알아볼 수 있었다. 남자 어른이 강으로 뛰어들었고 최에게 다가와 손을 내밀었다. 어떻게 울지 않느냐고, 어떻게 이렇게 어른스러울 수 있느냐고, 어른들이 칭찬했다.

어머니는 사색이 되어 있었다. 잠시의 방심으로 아이를 영영 잃었을지도 모른다는 불안과 죄책감이 그 뒤로도 오랫동안 어머니를 괴롭혔다. 그는 물을 뚝뚝 흘리면서 어머니에게 다가갔고 어머니가 두 팔을 활짝 벌렸다. 눈가가 뜨거워졌지만 그는 울지 않기 위해 입을 꾹 다물었다. 어른 같은 아이는 울지 않으므로 울 수 없었다. 그래도 애는 애라고 울어도 된다고 누구도 신경 쓰지 않을 테지만 그는 끝내 울지 않았다. ▪

2부

나중에 이기는 사람

윤성희

○ **윤성희**

1999년 동아일보 신춘문예에 단편소설 〈레고로 만든 집〉이 당선되며 작품 활동을 시작했다. 소설집 《레고로 만든 집》《거기, 당신?》《감기》《웃는 동안》《베개를 베다》《날마다 만우절》《느리게 가는 마음》, 중편소설 《첫 문장》, 장편소설 《구경꾼들》《상냥한 사람》 등이 있다. 현대문학상, 이수문학상, 황순원문학상, 이효석문학상. 오늘의 젊은 예술가상, 한국일보문학상, 김승옥문학상, 동인문학상 등을 수상했다.

달리기를 하다 넘어져 인대가 찢어졌다. 나는 계주의 마지막 선수였다. 체육대회에서 우리 반은 한 게임도 이기지 못했다. 지구본 모양의 커다란 풍선을 옮기는 게임에서 꼴찌를 할 때만 해도 여유가 있었다. 다들 괜찮아, 괜찮아, 다음에 잘하자, 했다. 그런데 이인삼각도 꼴찌를 하고 줄다리기도 꼴찌를 했다. 점심 도시락을 먹는데 이인삼각 경기에 나갔던 친구가 풀죽은 목소리로 말했다. 게임도 못했는데 밥만 많이 먹어서 미안하다고. 그러자 누군가 내 뒤에서 큰 소리로 외쳤다. 게임도 못했는데 밥도 안 먹으면 그게 더 미안한 거라고. 그 말에 또 누군가 말했다.

"남김없이 다 먹자."

그 말에 모든 아이들이 따라 말했다.

"그러자, 다 먹자. 먹고 힘내자."

나는 평소 같으면 먹지 않았을 브로콜리도 먹었다. 그랬는데 오후에도 이긴 게임은 없었다. 하지만 조금 나아져서 신발 양궁 대회에서 4등을 했고 단체 줄넘기 경기에서 5등을 했다. 여전히 종합 점수는 일곱 개 반 중 7등이었지만.

마지막 계주 경기를 앞두고 담임 선생님이 말했다.

"나는 꼴찌라는 단어가 참 예쁘더라. 그러니 신나게 꼴찌 하자. 알았지?"

나는 신나게 꼴찌를 하고 싶은 마음이 없었다. 그래서 선생님의 말에 대답하지 않았다. 게다가 달리기라면 조금 자신도 있었다. 내가 유일하게 잘하는 거니까. 우리 반은 3등으로 달리다 앞선 두 주자가 바통을 주고받는 과정에서 동선이 겹치는 바람에 1등으로 올라갔다. 내가 바통을 건네받을 때까지도 계속 1등을 유지했다. 나는 달렸다. 나중에 이기는 사람이 진짜 이기는 사람이야. 아빠는 자주 그 말을 했다. 하는 일이 잘 안 풀릴 때마다 스스로에게 다짐을 하듯 아빠는 말했다. 아빠에게는 나중이 오지 않았다. 하지만 시간이 더 있었다면 아빠는 나중에 이기는 사람이 되었을 것이다. 틀림없이. 결승선이 보였다. 우리 반 아이들이 나를 향해 손을 흔들었다. 결승선을 통과할 때 두 팔을 번쩍 들어야지. 나는 생각했다. 그때였다. 오른쪽 발을 디디는 순간 몸이 한쪽으로 꺾였다. 발목이 꺾이고 넘어지면서 한 바퀴를 굴렀다.

보건 선생님의 차를 타고 병원에 갔다. 인대가 파열되고 발목에 실금이 갔다고 의사가 말했다.

"내가 이 학교에 온 지 10년 되었거든. 그런데 체육대회 날 깁스를 한 학생이 해마다 생겨. 축하한다. 네가 열 번째 학생이다."

그러면서 보건 선생님이 학교에 목발이 있다고 말했다. 다시 학교에 와서 작년에 깁스를 한 학생이 썼던 목발을 받았다. 보건 선생님이 내 키에 맞게 목발 길이를 조절해주었다. 가방을 가지러 교실에 갔더니 담임 선생님하고 영민이가 있었다. 영민이는 나랑 같은 아파트에 사는 친구였다. 작년에 스키를 타러 갔다가 넘어져 깁스를 했던 영민이가 내게 축하한다고 말했다. 깁스를 해봐야 어른이 되는 거라나. 영민의 말에 담임 선생님이 고개를 저었다.

"난 한 번도 안 해봤는데, 그럼 나는 아직도 아이냐?"

"선생님. 저는 깁스를 했지만 어른은 안 할래요."

내가 대답했다.

다음 날부터 엄마가 출근 전에 나와 영민이를 데려다주었다. 엄마 출근 시간에 맞춰 학교에 가는 바람에 우리는 반에서 1등으로 등교를 했다. 영어 학원을 가는 요일은 영민이랑 같이 학원에 갔다가 집에 돌아왔다. 영민이가 수학 학원에 가는 요일은 나 혼자 걸어서 하교를 했다. 평소에 15분이면 걷는 거리를 30분도 넘게 걸었다. 첫날은 학교에서 집에 오는 도중 세 번이나 쉬었다. 다친 건 발목인데 겨드랑이가 아팠다. 일주일 정도 지나자 두 번 정도 쉬게 되었다. 한번은 마을버스 정류장에서 뜨개질을 하는 할머니들을 보았다. 버스 노선이 바뀌면서 이제는 버스가 서지 않는 정류장이었다. 뜨개질을 하는 사람들을 처음 보아서 나는 의자 끝에 앉아 할머니들을 구경했다. 어디선가 '태권' 하고 외치는 아이들의 소리가 들렸다. 할머니들이 뜨개질을 멈추었다.

"고놈들. 까랑까랑하네."

그러자 다른 할머니가 말했다.

"오늘은 더 우렁찬 거 같네."

나는 고개를 들어 주변을 둘러보았다. 태권도장이 건물 3층에 있었다. 이야기를 들어보니 할머니들은 종종 이곳에 와서 아이들의 기합 소리를 듣는 모양이었다. 그날 이후로 나는 종종 그 버스 정류장에서 쉬곤 했다. 할머니들을 만나는 날도 있었고 못 만나는 날도 있었다. 아이들의 기합 소리를 들으니 나도 모르게 배꼽에 힘을 주게 되었다. 편의점 벤치에서 쉴 때는 바나나 우유를 사 먹었다. 나는 아직도 바나나 우유를 좋아하는데 그걸 먹으면 어린아이가 된 기분이 들기 때문이었다. 사내자식이 바나나 우유가 뭐냐. 작년에 같은 반 친구한테 그런 말을 들은 이후 나는 혼자 있을 때만 바나나 우유를 사 먹었다. 편의점 유리창에 '이곳을 맡아 운영할 점주를 구합니다'라는 포스터가 붙어 있었다. 그 아래 작은 글씨로 이곳의 장점이라는 글이 적혀 있었다. 건물 주인이 선량합니다. 편의점 앞에 있는 벚나무가 예쁩니다. 2층에 피아노 학원이 있어서 피아노 소리를 들을 수 있습니다. 나는 편의점 벤치에 그늘을 만들어주는 나무가 벚나무인 것을 이제야 알았다. 가만히 귀 기울여보니 정말 피아노 소리가 들렸다. 배운 지 얼마 안 되는 학생인지 같은 음만 계속 반복했다. 듣기 좋은 소리는 아니었다. 그래서 편의점 점장에게 피아노 학원이 있다는 문구는 삭제하는 게 좋을 것 같다고 말을 했다.

"못 치는 소리 들으면 왠지 응원하고 싶어지지 않아요?"

점장이 웃으며 말했다. 그 말을 들은 뒤로부터 못 치는 피아노 소리가 그렇게 싫지는 않았다.

깁스를 한 지 이주일이 지나자 목발 짚는 게 익숙해졌다. 쉬지 않아도 집까지 한 번에 갈 수 있었다. 그래도 나는 오후 4시에는 태권도를 배우는 아이들의 기합 소리를 들었고, 오후 4시 20분에는 실력이 늘지 않는 누군가의 피아노 소리를 들었다. 모르는 사람들을 응원하다 보니 이상하게 배가 고파졌고 그래서 저녁밥을 두 그릇씩 먹었다.

태권도장 앞에 있는 버스 정류장이 없어졌다. 오늘 수업 끝나고 갔더니 의자가 사라졌다. 아저씨 두 명이 보도블록을 새로 깔고 있었다. 할머니들은 이제 어디 가서 뜨개질을 할까. 아이들의 기합 소리는 어떻게 들을까. 그 생각을 하자 좀 속이 상했다. 편의점에 가서 피아노 연습 소리도 듣고 싶지 않았다. 그래서 쉬지 않고 그냥 집까지 걸었다. 그렇게 집까지 걷다 갑자기 105동 앞에 있던 벤치가 떠올랐다. 내가 어렸을 때 킥보드를 타다가 넘어진 적이 있었다. 그때 넘어지면서 벤치에 얼굴을 부딪쳤고 이마를 꿰맸다. 흉터 안 생기게 해주세요. 아빠는 다음 날 벤치에 묻은 내 피를 닦으면서 그렇게 중얼거렸다.

105동 앞 벤치에는 할아버지가 앉아 있었다. 나는 조금 망설이다 할아버지 옆에 앉았다.

"이제는 제법 잘 걷네."

할아버지가 말했다. 나는 할아버지에게 나를 아느냐고 물었다. 그러자 할아버지가 3주 전에 깁스를 한 것도 안다고 말했다. 그리고 그보다 더 오래전부터 알았다고.

"10년 전인가 아내와 저기를 걷는데 내 뒤에서 이렇게 소리쳤어. 할아버지. 저 똥 마려워요. 비키세요. 그래서 잡고 있는 아내 손을 놓고 길을 내주자 그 사이로 쏜살같이 달려가더라고. 그때 처음 봤지."

할아버지의 말에 내가 발끈했다.

"저 아니에요."

할아버지가 웃었다. 그리고 집게손가락으로 도로 연석 하나를 가리켰다.

"저기 저 연석을 가까이 가서 보면 귀퉁이가 조금 깨져 있거든. 우리 아내가 초보 운전일 때 차로 저길 박았어. 25년도 더 된 일이지."

할머니는 8년 전에 돌아가셨다. 할머니가 돌아가신 뒤로 할아버지는 매일 이곳 벤치에 앉아서 할머니가 깬 연석을 보았다. 그러면 시간이 멈춘 것 같다고 할아버지는 말했다. 그렇게 멈춘 시간 속에 사는 것도 나쁘지는 않다고.

"너는 똥 마려울 때가 아니어도 늘 뛰더라."

할아버지가 웃었다. 내가 저 멀리서부터 뛰어오는 걸 보면 할아버지의 멈춘 시간도 다시 흘러갔다고. 그러면 할아버지는 자리에서 일어나 집으로 돌아갔다고. 나는 이마에 난 상처를 만져보았다.

"깁스를 풀면 다시 뛰어볼게요."

내가 말했다. 할아버지가 지금도 괜찮다고 말해주었다. 천천히 걷는 내 모습도 보기 좋다고. 나는 할아버지에게 피아노 소리를 들을 수 있는 편의점을 알려주었다. 가끔 산책도 하시라고. 산책을 하다 다리가 아프면 거기에서 쉬어보라고. 엉망진창 피아노 소리를 들을 수 있다고. ■

키즈카페

정한아

○ **정한아**
장편소설 《친밀한 이방인》《리틀 시카고》《달의 바다》《3월의 마치》, 소설집 《술과 바닐라》《애니》《나를 위해 웃다》가 있다. 문학동네작가상, 김용익소설 문학상, 한무숙문학상, 김승옥문학상 우수상, 심훈문학대상을 수상했다. 《친밀한 이방인》이 쿠팡플레이 시리즈 〈안나〉로 드라마화되었다.

"혹시 이든 엄마 돌아온다는 소식 들었어요?"

브런치 모임이 끝난 뒤, 제니 엄마가 던진 한마디에 자리에서 일어나던 여자들이 도로 주저앉았다.

"곧 귀국할 거라고 새벽에 장문의 글을 올렸던데. 좀 전에 인스타 보니까 또 지워졌더라고요. 헨리 엄마, 뭐 아는 거 없어요?"

여자들의 시선이 나를 향했다. 다들 이든 엄마와 내가 각별한 사이라고 생각했다. 나는 그에 대해 부인하지도, 해명하지도 않았다.

이든은 불세출의 영어 천재로 불리는 아이였다. 전국에 70군데 체인이 있다는 영어유치원에서 서울도 아닌 경기도 후미진 동네 아이가 레벨 테스트 종합 1등을 맡아 했으니 다들 그 엄마가 누군지, 비결이 뭔지, 한 마디라도 섞어보고 싶어 했다. 그 여자가 지나가면, 다른 여자들이 옆 사람을 쿡 찌르며 수군거리는 소리가 들렸다.

처음 이든 엄마를 봤을 때 나는 생각보다 평범한 모습에 놀랐다. 경기도 북부 귀퉁이 동네라고 해도 영어유치원 주차장에는 외제차가 줄지어 서 있었고, 아이들 입성은 반질반질 윤이 났다. 부모의 허영심은 그 기관의 심장이었다. 그런데 간판스타라는 이든은 다 낡은 트레이닝복 몇 벌을 돌려 입었고, 아이 엄마는 자루 같은 커다란 천 배낭을 메고 다녔다. 나는 그 역시도 허영심이라고, 더 비틀어진 종류의 허영심이라고 생각했다. 그녀를 집에서 한참 떨어진 심리상담소에서 만나기 전까지는.

남편은 처음부터 아이를 영어유치원에 보내는 것에 반대했다. 우리 형편에 맞지 않다는 이유였다. 그럴지도. 그래서 더 욕심이 났다. 맞벌이로 아이를 낳아 키우면서 하루도 쉬지 못했으니까. 돌도 안 된 아이를 매일 어린이집에 열두 시간씩 맡기고 서울까지 출퇴근을 해야 했으니까. 최소한 둘은 낳고 싶었는데 하나로 만족

해야 했으니까. 어쩌면 마음에 오기가 생겼는지도 모르겠다. 절대로 낙오하지 않겠다는 오기, 한 가지쯤은 분에 넘치게 좋은 것을 가져보고 싶다는 오기, 피 같은 돈을 정말 의미 있는 데 쓰겠다는 오기.

영어유치원에 입학하고 3개월쯤 지나자 아이는 영어 동요를 흥얼거리고, 집에서도 영어로 한두 마디 말을 하기 시작했다. 그 모습을 보고 남편도 서서히 마음이 풀어졌다.

"내 말이 맞지? 이 시기 아이들은 언어를 스펀지처럼 빨아들인다고 했잖아."

나는 의기양양하게 큰소리를 쳤다. 아이가 유치원에서 내내 입을 다물고 지낸다는 사실을 알게 된 것은 한 해가 다 지난 뒤였다. 원어민 담임은 한결같이 무심했고, 한국인 담임은 스물두 살의 어린애였다. 그들은 내게 그 사실을 아직까지 몰랐느냐고 도리어 깜짝 놀란 얼굴로 물었다.

나는 남편에게 사실을 말하는 대신 아무도 모르게 직장 근처의 심리상담소에 아이를 데려갔다. 집에서 차를 타고 한 시간 이상 가야 하는 거리였고, 이름이 알려진 곳도 아니었기 때문에 그곳에서 이든과 이든 엄마를 맞닥뜨렸을 때 어지간히 놀랐다. 아이들은 서로 손을 흔들어 보였다. 저희끼리 유치원 놀이터에서 몇 차례 함께 논 적이 있다고 했다. 나는 이든 엄마와 어색하게 인사를 나누었다.

우리는 서로 다른 구역의 상담실로 안내되었다. 나는 아이와 따로 또 같이 심리 검사를 받았고, 당분간 아이를 유치원에 보내지 말라는 조언을 들었다.

상담소에서 나왔을 때, 이든과 이든 엄마는 우리를 기다리고 있었다. 바로 아래층에 돈가스 맛집이 있다고, 시간 괜찮으면 밥이나 먹자고 했다.

그날, 내밀한 이야기를 먼저 시작한 사람은 이든 엄마였다. 이든이 긴장할 때마다 소변을 가리지 못하는 유뇨증을 앓고 있다는 것, 자신의 커다란 배낭 안에는 아이의 여벌 옷과 팬티가 두 벌 이상 들어 있다는 것, 아이가 조금만 찝찝한 느낌이 들어도 옷을 갈아입으려 해서 여간 골치 아픈 게 아니라는 사실을 그녀는 내게 스스럼없이 털어놓았다. 숨김없는 그녀의 모습에 나 역시 경계가 허물어졌다.

"저희 애는 유치원에서 한마디도 하지 않는대요. 오늘 함구증이란 진단을 받았어요."

"영유 그만두라고 하죠?"

이든 엄마는 피식 웃었다.

"말이 쉽지."

그날부터 이든 엄마와 나는 매주 심리상담소에서 만나 저녁까지 먹고 헤어졌다. 이든 엄마는 영어 공부법에 대한 정보를 내게 아낌없이 나눠줬다. 매달 치르는 레벨 테스트에 대비하는 법, 시기별로 읽어야 할 원서, 그에 맞춰 풀어야 할 문법 문제집까지 조목조목 짚어줬다. 어떤 시간대에 집중력이 높고, 어떤 방식으로 동기부여가 되는지, 어떤 식으로 칭찬하고 또 훈계해야 하는지 세심한 지도가 감탄스러울 정도였다. 이든의 최종 목표는 빅3 영어 학원 진학이라고 했다. 거기서 떨어지면 지구에서 떠나야 한다고, 그녀는 반 우스갯소리로 말했다.

워킹맘으로 아이를 키우면서 아이 친구 엄마와 그토록 친밀해진 경험은 처음이었다. 우리는 서로가 서로의 비밀을 발설하지 않을 것을 알았다. 첫날 이후 다시 아이들의 병증에 대해 이야기하지도 않았다. 그것은 우리가 치러야 하는 작은 대가, 안고 가야 할 핸디캡으로 여겼다. 징징대지 말자고, 이든 엄마는 내게 말했다.

"대치동에서는 아이랑 키즈카페 가는 대신 놀이 치료하러 심리상담소에 간대요. 이곳이 새로운 개념의 키즈 카페인 거죠."

이든 엄마에게서 처음 그 말을 들었을 때, 나는 그것이 말장난 혹은 기만이라고 생각했다. 하지만 매주 심리상담소에 아이를 데리고 가면서, 점점 더 그 말에 의지하게 되었다. 아이의 함구증은 좀처럼 차도를 보이지 않았다. 집에서만큼은 못 말리는 수다쟁이였기 때문에 남편은 끝내 진실을 알지 못했다. 대신 아이의 테스트 점수는 매달 놀랍게 향상되었다. 나는 여자들의 새로운 관심 대상이 되었다.

졸업식을 얼마 앞두고 이든이 갑작스럽게 미국으로 떠났을 때, 유치원에서는 갖가지 소문이 돌았다. 이든 엄마의 시댁이 유명한 외식 업체라는 말, 엄청난 반대를 무릅쓰고 결혼했다는 말, 결국 번듯하게 손자를 키워낸 공로를 인정받아 미국 지사로 가게 된 거라는 말, 이든이 미국 영재원에 합격했다는 말, 그 아이는 하루 다섯 시간도 자지 않는다는 말, 단어 암기 개수를 채우지 않으면 엄마가 아이 밥도 안 준다는 말. 그 말들은 사실이 아니었다. 내가 아는 이든 엄마는 그런 사람이 아니었다. 그렇다면 그녀는 어떤 사람이었나? 나도 잘 몰랐다. 다만 빅3 입학시험이 한창이던 작년 연말 무렵 그녀가 조금 늦게 상담소에 나타났던 날이 있었다. 평소처럼 표정이 잘 드러나지 않는 얼굴이었지만, 입술이 바짝 말라 있었다. 유난히 침묵이 길었던 그날 식사 막바지 즈음 그녀는 조용히 이렇게 말했었다.

"아무래도 상담소를 옮겨야 할 것 같아요. 아이 예민도가 점점 높아져서 시험 성적이 자꾸 떨어지는데 마냥 지켜보라는 말뿐이니……. 기다리고만 있을 수 없잖아요. 뭐라도 해봐야죠."

그녀는 물을 한 모금 마신 뒤, 아무 일도 없었다는 듯 독해 문제집 이야기를 꺼냈다. 그로부터 한 달도 되지 않아 이든은 상담소는 물론 유치원에서도 떠나버렸다. 그녀는 나에게도 한마디 말조차 남기지 않았다. 단체 채팅방에 '이사 갑니다. 다들 건강하세요'라고 짧게 쓴 한 줄이 전부였다. 나는 섭섭해하지 않았다. 우리는 사사로운 이야기를 나누는 사이가 아니었다. 기쁨이라든지 슬픔이라든지, 과거라든지 꿈이라든지, 마음의 저변에 있는 이야기는 나눠본 적이 없었다. 우리는 커리큘럼과 레벨 테스트, 커트라인에 대해서만 이야기했다. 그것은 그

나름대로 절박한 것이었으나, 결코 그 이상으로 커지지는 않았다. 놀이터에서 한나절 놀고 헤어지는 아이들처럼, 우리는 서로의 이름조차 알지 못했다.

브런치 모임이 끝나고 회사로 돌아가는 길, 나는 휴대폰으로 이든 엄마의 인스타그램에 접속해보았다. 미국 전원의 2층 주택, 깨끗하고 검소한 부엌, 바른 자세로 책을 읽는 이든의 뒷모습이 나란히 게시되어 있었다. 나는 그 모습을 샅샅이 훑듯 바라보았고, 다음 순간 빠르게 화면을 꺼버렸다. 길에는 아이들이 없었고, 아이들의 소리 역시 들리지 않았다. 무언가 빠져나간 듯 텅 빈 거리에는 햇빛만 번들거리고 있었다. ■

엄마의 역할

김유담

○ **김유담**

2016년 서울신문 신춘문예에 단편소설 〈핀 캐리〉가 당선되며 작품 활동을 시작
했다. 소설집 《탬버린》《돌보는 마음》, 장편소설 《이완의 자세》《커튼콜은 사양
할게요》, 중편소설 《스페이스 M》 등을 출간했다. 신동엽문학상, 김유정작가상
을 수상했다.

경미는 일주일 치 사료 배합을 끝내고 축사를 둘러보던 중에 손아래 동서 현주의 전화를 받았다.

"응, 동서 별일 없지?"

"네, 형님 바쁘신가 봐요."

목장갑을 벗으며 반갑게 전화를 받는 경미와 달리 정작 전화를 걸어온 현주는 목소리가 어두웠다.

"아니야. 지금 축사인데 시끄러우니까 사무실 들어가서 전화받을게. 무슨 일이야?"

한참 머뭇거리던 현주가 어렵사리 말을 꺼냈다.

"형님, 저 이번 아버님 제사는 참석이 어렵겠어요. 기영이 특목고 대비 학원에서 입시 설명회를 하는데 빠지면 안 되거든요."

경미가 당황한 기색으로 되물었다.

"동서, 그게 무슨 소리야? 학원은 기영이가 다니는 거 아니야? 왜 기영이 학원 때문에 동서가 못 내려온다는 거야?"

"학원은 기영이가 다니는 게 맞는데요, 특목고 대비 입시 설명회는 학부모들이 듣는 거예요. 올해부터 고교 학점제 때문에 입시 제도도 바뀐다고 하고, 미리 대비해야죠."

경미는 현주의 설명을 듣고도 도통 이해가 어려웠다. 시부가 돌아가시고 두 번째로 맞는 기제사였다.

"죄송해요, 형님. 제 입장에선 돌아가신 아버님보다는 산 자식이 먼저일 수밖에 없네요. 형님 서운해하실 것 같아서 다른 핑계를 댈까도 생각했는데, 아시잖아요. 저 거짓말 못 하는 거."

다른 불가피한 사정을 댔으면 덜 서운했으려나. 경미는 괜히 기운이 빠졌다.

"나도 축사 일이 바쁘고 해서 혼자는 힘든데, 자네가 와서 음식이라도 거들면 좋을 텐데……. 음식을 떠나서 이럴 때 아니면 또 우리가 언제 얼굴 본다고 그래."

경미가 볼멘소리로 말했다.

"제가 형님 고생하시는 거 왜 모르겠어요? 그래도 형님 댁은 물려받은 소 농장이라도 갖고 계시니 든든하잖아요. 저희야 서울 올라와서 어렵게 공부하고 겨우 맞벌이하고 사는 형편이라 기영이한테 물려줄 재산도 없으니 공부라도 야무지게 시켜놓는 수밖에 없어요. 형님은 지방에 계시니 학군지에서 공부가 얼마나 어려운지 모르실 거예요. 아이만 열심히 한다고 되는 문제도 아니고요."

"그런가? 공부는 본인이 하는 거지. 나는 우리 수진이한테 따로 공부하라는 말을 해본 적이 없어."

"그거야 지방이니까 그렇죠. 근데 수진이처럼 농어촌 지역에서 내신 잘 받는 게 오히려 입시에는 유리하겠더라고요. 수능 최저 등급만 맞추면 의대나 SKY도 쉽게 갈 수 있거든요. 기영이는 이제 지방 유학 가기도 늦어져서 특목고를 가든지 이 동네에서 무조건 승부를 봐야 해요. 수진이가 야무져서 알아서 하겠지만, 그래도 생기부 관리는 해주셔요. 벌써 고2잖아요."

현주는 어려운 입시 용어를 줄줄이 읊어가며 일장연설을 늘어놓았다. 경미는 그런 걸 엄마가 다 알아야 하느냐며, 동서가 너무 유난을 떠는 거 아니냐고 물었다.

“형님, 시대가 변했어요. 넋 놓고 있다가는 애들 대학도 보내기 어려운 시대가 됐다니까요.”

경미는 넋 놓고 지낸 적이 없었다. 그동안 누구보다 열심히 살았다고 자신했다. 6년 전 시부가 갑자기 쓰러지고 소 농장 일을 맡을 사람이 마땅치 않게 되자, 경미 부부는 귀농을 결정했다. 남편 정환이 다니던 건설 회사가 실적이 악화되며 희망퇴직을 받기 시작한 것도 귀농을 결심한 계기였다. 귀농 초기 연고 없는 시골에 내려와 적응하면서, 손에 익지 않은 농장 일을 배우는 과정이 녹록지 않았지만 더는 물러설 곳이 없다는 심정으로 소를 키웠다. 이제 경미는 제법 농장 주인 티가 났다. 시부에게 농장을 물려받을 때 100두였던 한우가 300두로 늘었고, 부부가 합심해 연구를 거듭한 끝에 1등급 한우만을 출하하는 비법도 터득하게 됐다.

고맙게도 딸아이도 시골 학교에 잘 적응했다. 6년 전 갓 사춘기에 접어든 딸을 전학시키면서 걱정이 컸는데 딸아이는 이곳 친구들과 잘 지냈고, 성적도 늘 상위권을 유지했다. 경미는 이만하면 성공한 귀농인이라는 자부심을 지녔다. 소 키우는 것보다 더 중요한 게 자식 농사 아니냐고, 소만 신경 쓰지 말고 아이 입시에도 신경을 쓰라는 동서의 일침을 받기 전까지만 해도 자신이 집 안팎으로 제 역할을 하지 못한 부분은 없다고 생각해왔다.

딸 수진의 모의고사 등급과 내신 등급을 정확히 알고는 있느냐는 현주의 질문에 경미는 제대로 대답을 하지 못했다. 얼마 전 수능 모의고사 성적표를 받아오긴 했는데, 원점수, 표준점수, 백분위 등 항목이 너무 많아서 뭐가 뭔지 알아보기도 힘들었다. 학급 석차 1등, 학교 석차 3등만 보고 그저 흐뭇했던 기억이 났다.

그날 저녁, 학교에서 돌아온 딸에게 밥을 차려주며 넌지시 물었다. 마침 남편도 저녁 모임에 나가고 없는 날이라 모녀간에 편하게 얘기를 나눠볼 작정이었다.

"수진아, 오늘 서울 작은엄마랑 통화했는데 너 공부 잘하고 있는지 묻더라. 그래서 내가 수진이는 늘 전교에서 다섯 손가락 안에 든다고 우리 딸은 걱정 안 해도 된다고 했지. 그랬더니 너처럼 내신이 좋으면 농어촌 전형으로 명문대는 물론 의대나 약대도 어렵지 않게 갈 수 있다던데 작은엄마 말이 맞아? 엄마 기대해봐도 되는 거야?"

“근데, 내신이 아무리 좋아도 수능 최저 등급이 있어서.”

수진은 갑자기 성적 이야기를 꺼내는 엄마의 말에 당황스럽다는 반응을 보이며 말을 흐렸다.

“그래 맞아. 세 과목 합쳐서 5등급이랬나? 그렇게만 받으면 못 갈 대학이 없다던데?”

“그걸 제가 어떻게 맞춰요?”

수진이 갑자기 발끈하며 대꾸했다.

“왜? 우리 딸 공부 잘하잖아. 기영이는 중3인데 수능 모의고사 보면 영어, 수학이 1등급 점수 나온대.”

비교가 나쁘다는 걸 알면서도 경미는 불쑥 사촌 기영 얘기를 꺼내버렸다. 수진이 얼굴을 찌푸리며 말했다.

“그건 기영이처럼 어릴 때부터 학원 많이 다닌 아이들 얘기죠. 수능 세 과목 합쳐서 5등급 나오려면 전 과목 평균 1등급 나오고 어쩌다 실수로 2등급 나오는 수준이 되어야 할 텐데, 이 동네에서 영어, 수학 수능 모의고사 1등급 나오는 애들은 아무도 없어요.”

“왜, 너도 너희 학교에서는 1등급이잖아.”

“그래 봤자 전국 모의고사로는 경쟁이 안 되는걸요.”

“에이, 해보지도 않고 경쟁이 안 된다고 하는 게 어디 있어? 수능은 내년 11월에 보는 건데.”

“그걸 꼭 해봐야 알아요? 그럼 어디 엄마가 한번 해보세요!”

수진이 버럭 화를 내며 자리에서 일어났다. 이러려고 성적 얘기를 꺼낸 게 아니었는데…… 엄마가 너무 입시에 대해 무관심했다는 생각이 들어서, 지금부터라도 엄마 도움이 필요하면 얘기하라는 말을 하고 싶었는데, 경미는 딸의 예민한 마음을 헤아리지 못하고 다그치듯 대했다는 생각에 후회가 일었다.

수진은 저녁도 먹다 말고 제 방으로 들어가 문을 걸어 잠갔다. 경미가 먹던 밥이라도 먹고 들어가라고 문을 두드려도 방 안에서는 기척이 없었다.

경미는 답답한 마음에 밖으로 나와 마당을 빙빙 돌다가 현주에게 전화를 걸었다. 밤 9시가 넘은 시각, 현주는 기영이 다니는 수학 학원 근처에 차를 대고 수업이 마치기를 기다리고 있다고 말했다. 경미가 속상한 마음을 토로하자 현주는 다른 방법도 찾아봐야 한다고 조언했다.

“형님, 속상하시겠어요. 하지만 정 안 되면, 수능 최저 등급 없는 곳을 노려봐야죠. 그럴수록 내신 점수랑 생기부가 더 중요하거든요. 수능 점수 없이도 갈 수 있는 학교도 찾아보면 괜찮은 곳들이 있으니 서울 올라오셔서 생기부 컨설팅부터 좀 받아보시고요."

"동서는 아이 대학을 보내본 것도 아닌데 어떻게 입시에 대해서 이렇게 많이 알아? 나는 딸이 내년에 고3인데 너무 아는 게 없네."

"아직 안 늦었어요. 지금부터라도 열심히 해야죠."

"응, 내 생각도 그래. 수진이 지금부터 열심히 하면 수능 등급 올릴 수 있을 거야. 오늘은 잔뜩 골을 내긴 했지만, 머리가 좋은 아이니까 나는 충분히 할 수 있을 거라고 믿거든."

"에휴, 형님, 지금 수진이 얘기를 하는 게 아니잖아요."

"그럼 누구?"

"형님요. 지금부터라도 정신 바짝 차리고 열심히 공부하세요. 수진이 성적으로 갈 수 있는 최대치의 학교를 찾아내는 게 엄마가 할 일이니까."

경미는 1등급 소를 키워내는 건 전적으로 농장주에게 달린 일이라 확신했다. 하지만 엄마의 노력이 아이의 수능 등급을 결정짓는다는 말에는 동의하기 어려웠다. 아이의 부족한 등급을 엄마의 정보력과 입시 전략으로 보강할 수 있다는 말은 거북하기까지 했다. 그럼에도 아이 인생이 걸린 문제인데 나 몰라라 외면하기도 어려웠다. 엄마의 노력이 아이의 입시 성패를 결정한다고, 경미는 소화되지 않는 말을 소가 되새김질을 하듯 곱씹고 또 곱씹었다. ∎

일한 기록

김병운

○ **김병운**

2014년 《작가세계》 신인상을 수상하며 작품 활동을 시작했다. 소설집 《기다릴 때 우리가 하는 말들》《거의 사랑하는 거 말고》, 장편소설 《아는 사람만 아는 배우 공상표의 필모그래피》, 산문집 《아무튼, 방콕》 등이 있다. 젊은작가상, 이효석문학상 우수작품상을 수상했다.

물건마다 자욱이 쌓인 먼지 탓인지 아니면 활짝 열어둔 창문으로 흘러들어오는 봄바람 탓인지, 연신 콧물에 재채기가 나 정신을 못 차리고 있는데, 엄마가 내 앞으로 웬 서류 봉투 하나를 내밀었다. 어서 확인해보라는 듯한 눈길이었고, 뭔데 그러나 싶어 꺼내어보니…… 사보였다. 아빠가 재직했던 ○○화장품에서 매월 발행한 정기간행물. 1995년 4월호로 머리를 보랏빛 뭉게구름처럼 한껏 부풀려놓은 여성의 초상이 표지를 장식하고 있었다.

아빠의 글은 7페이지 '사우문단'이라는 코너에 실려 있었다. 정년퇴직을 앞둔 소회를 담은 것으로 제목은 '20여 년을 되돌아보면서'였다. 첫 문장은 이렇게 시작됐다.

"언어장애라는 핸디캡을 안고 시작한 직장 생활이 어느덧 마지막 페이지에 이르렀다."

와…… 이게 있었다고?

거봐, 내가 뭐랬어. 그냥 막 갖다버리면 안 된다니까.

조합에서 고지한 이주 기간이 어느덧 한 달여 앞으로 다가오면서, 엄마와 나는 주말마다 짐 정리를 했다. 이번 기회에 그냥 싹 다 버리자는 나와는 달리, 엄마는 버릴 때 버리더라도 일단 열어는 봐야 한다며 고집이었는데, 그래서인지 정리는 무척 더뎠다. 자세히 살펴보면 버리는 쪽보다는 가져가는 쪽으로 마음이 기울 때가 많았고, 그게 아빠와 관련된 물건일 때는 더더욱 그랬다.

벌써 30년이 지난 일인데도 나는 이 글을 처음 읽었던 그날이 아직도 생생했다. 왜냐하면 그날은 내 머릿속에 '핸디캡'이라는 세 글자가 강렬하고도 정확하게 박혔던 날이었으니까. 당시 초등학교 3학년이었던 나는 부족한 어휘력으로 인해 아빠가 쓴 글을 첫 문장부터 이해하지 못했다. 핸디캡이 무슨 뜻이냐고 물었을 때 아빠는 우리가 사용하던 필담 노트에 이렇게 썼다. '약점. 한계. 바꿀 수 없는 것.'

아빠는 만년 대리였다. 품질관리 1팀 소속의 측정원이자 회사 내의 유일한 청각장애인. 성실하고 꼼꼼한 기질 덕분에 일 처리에 빈틈이 없다는 게 중평이었으나 커뮤니케이션 능력의 한계로 정년을 다 채울 때까지도 과장은 달지 못했다. 진급 발표가 있는 날이면 아빠는 만취 상태로 귀가해 집 안을 때려 부수거나 엄마를 괴롭혔다. 하지만 다음 날 새벽이 되면 언제 그랬느냐는 듯이 모란역에서 출발하는 셔틀버스를 타기 위해 집을 나섰고, 엄마 역시 무슨 일이 있었느냐는 듯이 아빠를 배웅했다. 내 기억이 맞다면 엄마는 아빠의 재직 기간 내내 단 하루도 빠짐없이 아빠보다 한 시간 먼저 일어나 밥상을 차렸다.

나는 이어지는 문장을 눈으로 읽어 내려갔다. 그리고 어느 부분부터는 소리 내 크게 읽었다. 어쩐지 엄마에게 들려주고 싶었다.

"조용히 맡은 바 최선을 다하자는 생각으로 버티곤 했지만 사실 대부분의 시간은 외로웠다. 많은 부분 도움을 받아야 하는 것도 양보를 해야 하는 것도 모두 괴로웠다. 물론 그중에는 나를 이해하려고 애썼던 사람들도 있었다. 가끔 취중에 나의 속상함을 상대방에게 지나치게 불평해본 적도 있었지만, 그래도 그들은 너무나 나에게 잘해주었다. 그분들에게 감사드리고 싶다. 그리고 집사람에게도 고맙다. 모자란 나로 인해 집사람의 고초는 이루 말할 수 없었으리라. 어쩌면 그녀는 나를 위해 끝없는 헌신을 해오고 있는 것이 아닐까. 짧지 않은 인생, 무엇을 위함인가? 누구를 위함인가? 늦게나마 어렵사리 본 자식놈, 내 움직이는 그날까지는 최선을 다하여 키우는 것이 남은 할 일이 아닐까."

얼마쯤 지났을까. 조금은 감상적이 되어서 말을 잇지 못하는 줄로만 알았던 엄마가 예상과는 다른 얘기를 꺼냈다.

엄마는 그 당시 사보에 글을 썼던 게 아빠만은 아니었다고 했다. 정년퇴직자가 그달의 필자로 섭외된 경우에는 특집처럼 본인의 소회뿐만 아니라 가족의 소회도 함께 싣곤 했는데, 그래서인지 엄마에게도 글을 써달라는 요청이 있었다는 것이었다. 하지만 얼마 뒤 엄마는 어렵사리 써서 보낸 원고를 퇴짜 맞았다고 했다. 뭐가 문제인 건지 설명도 해주지 않고 아빠 편에 원고만 반송해 와서 내심 서운하고 속상했다고.

아예 안 실어줬다고? 어째서?

몰라, 형편없었나 보지.

뭐라고 썼는데?

엄마는 잠시 허공에 시선을 걸어둔 채로 기억을 더듬는가 싶더니 머뭇머뭇 웃음을 섞어 말했다.

네 아빠가 매번 승진이 안 되는 건 부당하다는 얘기도 했던 것 같고, 이제 퇴사하면 우리 세 식구는 어떻게 먹고살아야 하나 막막하다는 얘기도 했던 것 같고. 뭐, 우는소리나 했겠지.

막막하다는 말이 전혀 과장은 아니었던 게 우리 집은 아빠의 퇴직 이후로 급격히 사정이 어려워졌다. 한동안은 아빠의 퇴직금과 엄마가 그간 알뜰살뜰 모아둔 돈으로 버틸 수 있었으나 도중에 IMF가 터지면서 그 시간은 그리 오래 이어질 수 없었다.

내가 중학교에 입학한 그해부터 엄마는 생계를 위해 일을 나가기 시작했다. 처음에는 이웃집 아주머니를 따라서 시장 일도 하고 보험 일도 하고 어린이책 방판 일도 했던 것 같은데, 결국 지속할 수 있었던 건 남의 집 가사를 돕는 일이었다. 길게 할 생각은 추호도 없었다고 하나 인생의 모든 일이 그렇듯 그 역시도 뜻대로 되지는 않았고, 엄마는 내가 대학을 졸업하고 입사와 퇴사를 각각 세 번씩 되풀이한 그 모든 시절 동안 쉬지 않았다. 그리고 올해 초 무릎 수술을 하면서 은퇴를 선언했다. 1999년 1월에 시작해 2025년 1월에 마무리했으니 무려 26년을 꼬박 채운 셈이었다. 엄마의 기억에 따르면 이제껏 엄마가 일했던 집은 모두 열네 곳이었다. 가장 짧게 일한 집은 반나절, 가장 길게 일한 집은 무려 19년이었다.

근데 말이야. 이걸 보니까 갑자기 네 아빠가 너무 부럽다는 생각이 드네.

이윽고 다시 건네받은 사보를 가만히 내려다보던 엄마가 말했다. 사보 위에 포개어놓은 두 손 위로, 날마다 걸레를 힘껏 비틀어 짜느라 망가진 엄마의 손가락 위로 햇빛 조각이 드리웠다.

부럽다고? 왜?

그래도 네 아빠는 회사 같은 회사에서 일한 거잖아. 그러니까 이렇게 일한 기록이 남아 있는 거고. 내가 어떻게 일했는지 아무도 모르는데.

…….

나도 외롭고 괴로웠던 순간이 있었고, 고맙고 감사했던 사람이 있었는데…….

……

잠시간의 무겁고 어려운 정적 끝에 나는 엄마에게 기록을 제안했다. 이제라도 엄마의 소회를 한번 정리해보면 어떻겠느냐고. 아빠가 지난 20여 년의 회사 생활을 되돌아보며 글을 썼듯이, 엄마도 엄마의 지난날들을 글로 남겨보면 좋을 것 같다고.

하지만 엄마는 내 말을 곰곰이 생각해보는 듯하더니 이내 고개를 저었다. 글을 써본 지가 너무 오래되어서 엄두가 안 날뿐더러, 어디서부터 어떻게 정리해야 할지를 생각하면 벌써부터 골치가 아프다고 했다.

그래서, 그러한 이유로, 나는 곧바로 핸드폰을 꺼내 음성 메모 앱을 실행시켰다. 쓰고 정리하는 건 내가 할 테니 생각날 때마다 여기에 말해달라고, 언젠가 기회가 닿는다면, 내게 이 사보보다 더 많은 사람들이 볼 수 있는 지면이 주어진다면 엄마가 일한 기록을 대신 남겨보겠다고 했다. 세상 사람들이 엄마가 남부럽지 않게 일했다는 걸 모르지 않도록, 나를 먹이고 입히고 키우느라 온몸이 부서질 때까지 최선을 다했다는 걸 모르지 않도록 소문을 한번 크게 내보겠다고 했다.

엄마는 처음에는 별짓을 다 한다며 손사래를 쳤으나,

막상 내가 핸드폰을 마이크처럼 들이밀고 또 들이밀며 물러서지 않자 못 이기는 척 입을 뗐다.

"무슨 말을 하라고. 아, 됐다니까 그러네. 뭘 얘기하라는 건데. 응? 뭐? 고마운 사람. 있지, 없을 수가 없지. 일단은…… 윤경이 엄마한테 고맙지. 나를 제일 오래 써줬고 애들 크는 것도 내가 다 봤고. 나도 참 잘했지만 윤경이 엄마도 나한테 참 잘했으니까. 아, 현수 엄마도…… 좋았습니다. 내 사정과 편의를 많이 봐줬고 통이 커서 이것저것 뭘 많이 챙겨줬습니다. 그리고…… 우리 아들도 고맙습니다. 왜 고맙냐면 아주 긴 시간 동안 나는 내가 하는 일이 부끄럽고 싫었는데, 그게 내 핸디캡이라고 생각했는데, 언젠가 한번은 우리 아들이 내가 자랑스럽다고 말해주었기 때문입니다. 그 말이 나는 참 좋았고 신기하게도 우리 아들이 괜찮다고 하니까 나도 내가 괜찮아졌습니다. 앞으로는 건강을 잘 챙기고 싶습니다. 티브이 보는 시간도 줄이고 혈당 관리도 잘하고 싸우지 않고 합심해서 이사도 잘하겠습니다. 예, 이상입니다. 오늘은 이만 줄이고 나중에 생각나면 또 말하겠습니다. 끝." ■

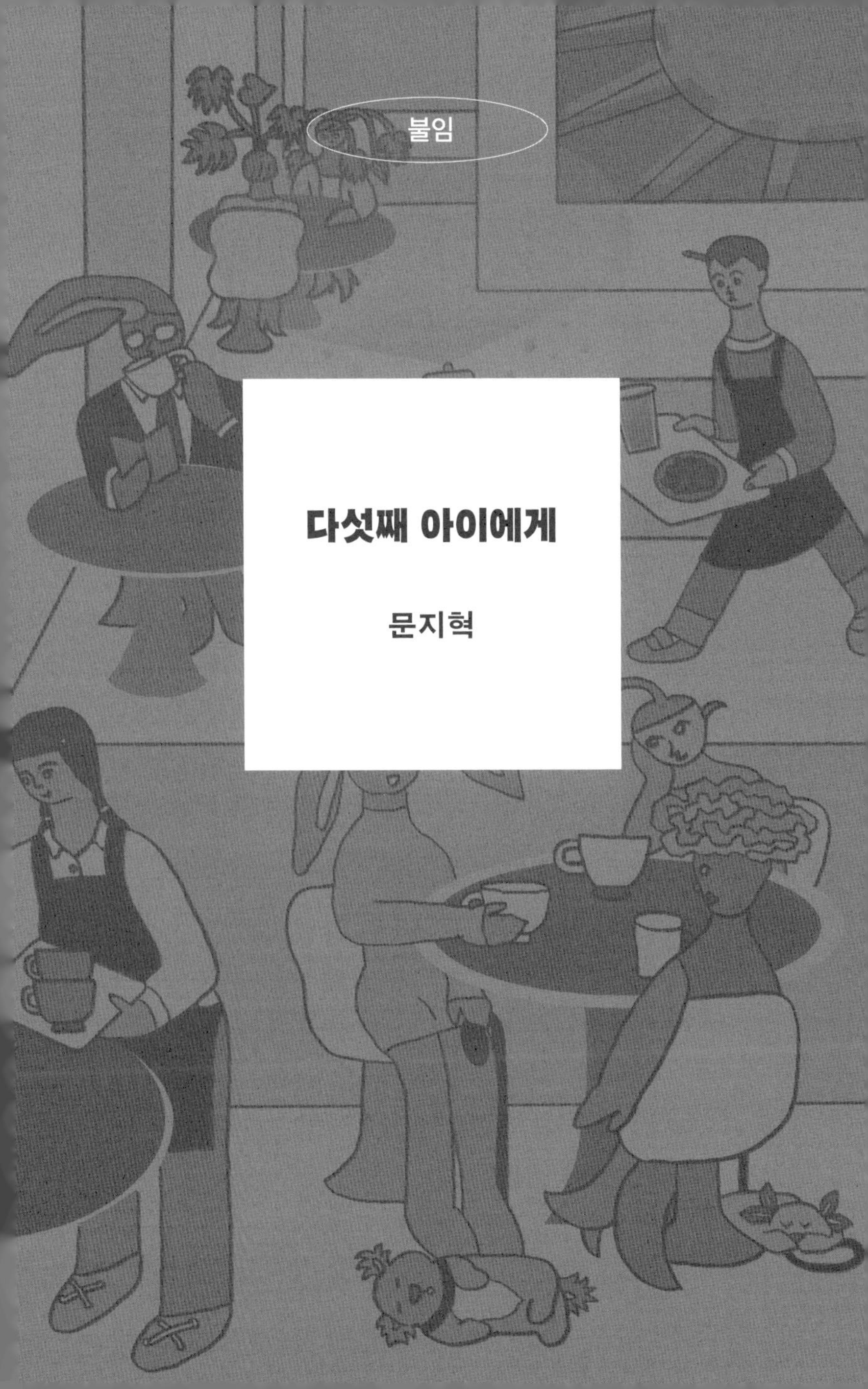
붙임
다섯째 아이에게
문지혁

○ **문지혁**

2010년부터 소설을 발표하기 시작했다. 지은 책으로 장편소설 《나이트 트레인》 《중급 한국어》 《초급 한국어》 《비블리온》 《P의 도시》 《체이서》, 소설집 《당신이 준 것》 《고잉 홈》 《우리가 다리를 건널 때》 《사자와의 이틀 밤》, 작법에세이 《소설 쓰고 앉아 있네》, 옮긴 책으로 《동물 농장》 《라이팅 픽션》 《끌리는 이야기는 어떻게 쓰는가》 등이 있다.

1

첫 번째 아이는 피아니스트가 되고 싶다고 했어.

아마 일곱 살 때였을 거야. 단지 안에 있는 작은 피아노 학원에 다니겠다고 아이가 떼를 쓰기 시작한 건 말야. 간판에 적힌 '칸타빌레'가 무슨 뜻인지는 몰랐지만 학원 앞을 지날 때면 아이는 늘 그 안에서 흘러나오는 피아노 선율에 귀를 기울였고, 그건 언제나 바로 옆에 있던 치킨집의 고소한 후라이드 냄새를 이겼지. 아이는 불가사리보다 작은 손으로 바이엘이며 체르니, 〈사랑의 인사〉 같은 곡들을 연주하기 시작했어. 그건 정말 불가사의한 일이었지.

두 번째 아이는 과학자가 되고 싶다고 했어.

와이 시리즈를 열심히 읽었던가, 아니면 그저 닥치는 대로 사달라고 했던가. 어느 날 횡단보도에서 신호가 초록색으로 바뀌길 기다리고 있는데, 아이가 초조한 얼굴로 물었어. 아빠는 몇 살이에요? 나는 아이에게 생긴 숫자 개념을 흐뭇해하며 대답했어. 마흔다섯 살이야. 그러자 아이는 정말로 아까보다 더 걱정스러운 얼굴로 말했어. 아빠 큰일 났어요. 비밀 얘기이기 때문에 그다음은 귓속말로 해야만 한다고 주장했지. 내용은 이런 거였어. 책에서 봤는데, 서른 살이 넘으면 뇌세포가 다 죽기 시작한대요! 운동을 해야 해요!

세 번째 아이는 가수가 되고 싶다고 했어.

그래, 아이돌 말이야. 마침 우리에겐 BTS와 아이브와 〈케이팝 데몬 헌터스〉가 있었지. 거리를 걸어도, 지하철을 타도, 핸드폰을 열어도, 모든 곳에 아이돌이 있었어. 엄청난 힘을 가졌고, 눈이 부시게 빛났지. 전능, 편재, 광휘. 그들은 정말로 이 시대의 신이라고. 아이는 〈다이너마이트〉를 따라 부르다가, 〈애프터 라이크〉의 가사를 외우다가, 〈소다 팝〉의 어깨춤을 추었어. 정말이지 변화의 속도가 너무 빨라서 나는 따라잡기가 어려웠어. 가수와 노래 이름을 외우는 것만도 벅찬데 그것들을 연결해야 하잖아. 신곡은 또 왜 이렇게 자주 나오는지. 하지만 내가 팀 멤버 이름을 기억하지 못하거나 노래 제목을 틀리면 그때마다 아이는 핀잔을 주곤 했어. 아빠 그것도 몰라?

네 번째 아이는 작가가 되고 싶다고 했어.

세 살 때였던가, 갑자기 아이가 묻는 거야. 아빠는 가짜예요? 나는 당황했어. 아이는 그냥 직업을 설명하는 작은 그림책을 보고 있었을 뿐이거든. 그땐 아이들이 말을 배울 때 자음을 바꿔 말하기도 한다는 걸 잘 몰랐지. 아이는 책에서 '작가'라는 단어를 보고, 아빠가 그런 직업을 가진 사람이라는 걸 알고, 나에게 물은 거야. 다만 자음만 바꿔서. 아빠는 가짜예요? 나는 얼떨결에…… 어, 그렇지,라고 대답했지만 그 질문은 나에게 깊은 질문을 남겼어. 작가란 가짜를 만드는 사람이지. 하지만 가짜가 되어서는 안 되는 사람이기도 하고. 가짜를 만들어서 진짜를 보여주어야 하는 사람…… 물론 네가 그것까지 알고 물은 건 아니겠지만.

그리고 다섯 번째 아이야.

2

나는 지금 너를 보고 있어.

투명한 풍선이 몇 겹 겹쳐진 것 같은 볼록한 복합 구체. 의사 선생님은 네가 아주 건강한 포배 단계의 배아라고 했어. 네 엄마는 조금 징그럽다고 손사래를 쳤지만, 나는 네 모습에서 말로 표현할 수 없는 어떤 아름다움을 느껴. 넌 마치 뭐랄까, 무한한 가능성이 겹겹이 자리 잡은 작고 맑은 우주처럼 보이거든.

앞선 너의 형제들은, 자매들은, 아니 뭐라고 불러야 할까? 동기라고 해야 할까? 첫째에서 넷째까지, 그들은 모두 엄마의 몸에 이식되었지만 착상되지 못하고 사라져 버렸어. 지나고 보니 이 도시에서는 어른들만 집을 구하기 어려운 게 아니더라고. 한 번 한 번 체외수정을 진행할 때마다 우리는 각기 다른 아이의 미래를 꿈꾸었지만 결국 어느 것 하나 현실이 되지 못했지. 피아니스트도 과학자도 아이돌도 작가도. 그들의 아기집은 결코 생기지 않았어.

하지만 너는 달랐어.

너는 정말로 우리를 찾아와주었잖아.

3

배아 이식 이후 2주를 기다리는 동안 네 엄마는 꽤 초조해했어. 우리는 아무 일도 없는 듯 일상을 유지하려 애썼지만, 서로의 표정과 미소가 억지스럽다는 것만은 분명하게 느끼고 있었지. 우리는 어느새 사십대에 접어들었고 자연은 영원히 문을 열어두지 않으니까. 둘 다 입 밖으로 내고 싶지만 끝까지 말할 수 없었던 생각은 이런 문장일 거야. 이번에도 실패하면 어떡하지.

마침내 예정된 진료일 오전에 병원에 가서 혈액 검사를 했어. 간호사는 늦은 오후면 결과를 알 수 있을 거라고 말했고, 우리는 근처 평양냉면집에 가서 냉면과 만두를 먹고는 병원 앞 카페에서 결과를 기다렸지. 따뜻했던 아메리카노가 머그잔 바닥에서 차갑고 시큼하게 찰랑거릴 때쯤 모르는 번호로 전화가 걸려 왔어. 네 엄마는 휴대전화를 귀에 가져다 댔고, 네, 네, 몇 번 대답하더니 눈시울을 붉히더라. 그것만으로는 아직 아무것도 알 수 없었기 때문에 나는 숨을 골랐어. 답은 언제나 둘 중의 하나지만, 그 하나 때문에 우리의 남은 삶은 송두리째 변할 거니까.

"됐대."

말을 마치고 네 엄마는 그대로 테이블 위로 엎드려 울었어.

나도 그 위로 손을 얹었어. 이제 다 끝났다고 생각했지.

그때까지는.

그때까지는.

4

정확히 5주 후에 네 엄마는 성수대교에서 한강으로 몸을 던졌어. 뭐가 문제였을까? 그날 내가 본 것은 기쁨의 눈물이 아니었던 걸까? 너만 찾아오면 모든 게 해결될 거라는 내 기대는 섣부른 착각이었던 걸까? 난 아직도 모르겠어. 네 엄마가 보낸 마지막 카톡에는 노을이 지는 서울의 저녁 사진이 있었거든. 한강이 가로지르고 있는 북쪽과 남쪽의 두 도시 말이야. 그게 다리 난간 밖에서 찍은 거라는 건 나중에야 알았지. 그 아래 마지막으로 보낸 메시지도 있었는데, 그건 아주 오랫동안 남아서 나를 괴롭혔어.

저녁 뭐 먹을까?

5

나는 지금 성수대교 가운데 서 있어.

비록 너의 얼굴은 모르지만, 투명한 풍선들 같은 네 모습 속에서 너의 가능했었을 미래를, 오지 않았지만 간절히 바랐던 먼 훗날을 그려봐. 픽셀 너머에서 여전히 뛰고 있는 것 같은 네 가냘픈 심장 소리를 상상해봐. 내가 온전히 알지 못했던 네 엄마의 마음을 헤아려봐. 물에 닿기 전까지 힘차게 움직였을 두 사람의 심장 소리가 들리는 것 같아. 그 리듬에 맞춰 아직은 멀쩡한 내 심장도 찢어지는 것 같네. 우리는 실패한 걸까. 실패했다면 무엇에 실패한 걸까. 어차피 태어나면 죽을 텐데. 고통과 후회로 가득한 인생에 억지로 구겨져 던져질 텐데.

녹음은 여기까지야. 이 핸드폰은 여기 남아 너의 존재를 세상에 남겨주겠지. 안녕, 다섯째 아이야. 난 이제

네 엄마를 만나러 갈게. 작은 사각형에 담긴 서울의 노을은 정말 아름답구나. 하지만 나는 알아. 해가 질 땐 어느 도시나 다 괜찮아 보이기 마련이란 걸. 이제는 네 엄마에게 대답할 수 있을 것 같아. 오늘 저녁에는 냉면과 만두를 먹고 싶었다고.

너는 태어나지 않아 행복하니?
너는 뭐가 되고 싶었니.
너는 누구니. ▮

에치치에게 경배를

이미상

○ **이미상**

2018년 웹진 〈비유〉를 통해 소설을 발표하기 시작했다. 소설집 《이중 작가 초
롱》, 단편소설 《잠보의 사랑》 《셀붕이의 도》가 있다. 젊은작가상, 젊은작가상
대상, 문지문학상, 이효석문학상을 수상했다.

‘사실상 양육자’는 에치치에게 사고 치지 말라고 소리치지만 사실상 양육자도 만만치 않게 사고를 치기에 에치치 쪽도 감시를 관두지 못한다. 사실상 양육자가 말을 똑바로 한다면 에치치도 지금처럼 상담실 문에 귀를 대고 있지 않을 것이다. 놀이치료 선생님과 사실상 양육자가 하는 이야기를 엿듣지 않고 대기실로 가서 다른 아이들과 신나게 침묵을 만들어낼 수 있을 것이다.

현재 대기실은 짧은 해방기를 맞았다. 선생님들이 상담실에서 애들을 내보내고 대기실에 있던 보호자들을 상담실로 불러들여 두 집단을 배턴 터치 시켰다. 대기실에서 보호자들이 사라지자 아이들은 아이패드를 보며 더없이 조용하고 순순해졌다. 한 아이만이 하드커버

동화책으로 정수기를 부술 듯 내리칠 뿐이었다. 에치치도 할머니만 아니면 당장 대기실로 달려가 아이패드 화면에 눈을 고정하고 싶었다. 그러나 할머니가 어려서부터 에치치를 키워주었기에 할머니를 챙기는 것은 에치치의 몫이었다. 에치치는 할머니를 '사실상 양육자'라고 불렀는데 아빠와 엄마가 그렇게 말했기 때문이다.

살면서 많은 어른이 에치치의 부모와 통화하길 바랐다. 우리 태권도장에, 우리 유치원에, 우리 바둑교실에, 이 아이는 더 이상 다닐 수 없다고 통보하기 위해서였다. 그럴 때마다 에치치의 부모는 '이분께 연락해주세요. 이분이 아이를 키우는 사실상 양육자입니다'라고 적은 메시지와 함께 할머니의 연락처를 전송했다.

"선생님, 죽고 싶어요." 닫힌 문 너머에서 할머니가 우는 소리가 들렸다.

"우성." 뒤이어 놀이치료 선생님의 목소리가 들렸다. "문에서 귀 떼요. 어른들 얘기할 때 엿듣는 거 아니에요."

에치치는 숨을 죽였다. 그런데 옆을 보니 종이컵이 수북했다. 어느새 대기실에 가 있었던 것이다. "나 언제 여기 왔어?" 에치치가 동화책으로 정수기를 내리치는 아이를 보며 물었다. "오자마자 종이컵을 미친 듯이 뽑던데? 너 이제 죽었어." 아이가 말했다.

'또 순간 이동을 했군.' 에치치가 다시 상담실 문 앞으로 가며 생각했다. '또 마음의 토를 해버렸어.' 에치치는 순간 이동을 자주 했다. 정글짐을 올려다보며 절대 올라가지 말아야지 했는데 다음 순간에 깁스를 차고 있다거나, 분명 칠판을 보고 있었는데 선생님이 이름을 불러 정신을 차려보니 책상 아래를 기어다니며 친구들의 다리를 만지는 식이었다. 여기 있는 줄 알았는데 저기 있는 신비한 체험의 연속이었다. 언젠가 놀이 선생님이 충동이 무엇인지 가르쳐준 적이 있었다. "충동은 마음의 토예요. 뱉으면 안 돼요. 꾹 참아야 해요. 친구한테 씨팔이라고 하고 싶은 것도 뱉지 말고 머금고 있어야 해요."

'탁월해!' 선생님의 설명을 듣고 에치치는 생각했다. 그동안 자신에게 충동이라는 단어를 내뱉은 어른은 많았지만 이해시킨 사람은 선생님뿐이었다. 선생님을 떠올릴 때마다 속으로 '탁월해!' 하고 외쳤다. 아이는 할머니와 선생님을 사랑했다.

"선생님, 제가 쟤 때문에 우울증 약을 먹기 시작했어요." 할머니의 울음 섞인 말이 이어졌다. "지난 주말에

온 가족이 외식을 하러 가는데 애가 또 차도에 뛰어들었어요. 애가 잠시도 가만히 있질 않아요. 한번은 애를 변기에 묶어놓은 적이 있어요. 포로처럼 끈으로 묶어놨어요. 애가 하도 돌아다녀서 한 번만 더 방바닥에 애 발바닥 스치는 소리를 들으면 미칠 것 같아서요. 선생님, 저 좀 아동 학대로 신고해주세요. 저 더는 못 해요. 너무 힘들어요. 죽고 싶어요. 선생님, 저 치매 걸리고 싶어요. 정신 나가고 싶어요. 다 놔버리고 싶어요. 에치치 병이 고쳐지긴 하는 거예요? 솔직히 어떨 때는 애가……."

"나오세요." 선생님이 고개를 숙이곤 에치치에게 말했다.

"선생님 발 만지지 말고 올라오세요."

에치치는 이제 상담실 책상 아래 있었다. 대기실에 있었던 것까지는 기억이 나는데 언제 여기 왔는지는 기억나지 않았다. 그나저나 바닥이 아주 지저분했다. 지우개 가루투성이였다. 선생님은 탁월하지 않았다. 거짓말쟁이였다. 선생님은 에치치가 화장실에 다녀오면 손 검사를 했다. 물만 묻히고 손 닦았다고 거짓말할까 봐, 손바닥에 코를 대고 비누 향까지 맡았다. 그래놓고 자기는 발밑의 지우개 똥도 치우지 않고 아주 더럽게 사는 것이었다.

"얘가 진짜 왜 이래. 빨리 나오지 못해?" 할머니가 책상 아래로 내려와 손주의 다리를 잡아당겼다. "문 안 잠그면 안 들어온다고 약속해놓고 왜 들어와. 왜 갑자기 뛰어들어 책상 아래로 기어들어 가느냐고. 할머니 죽는 꼴 보고 싶어? 아빠 불러야 정신 차릴 거야?" 할머니가 울면서 손주를 끌어내려 하였지만 역부족이었다. 할머니가 사정거리 안에 들어오자 아이가 몸을 돌려 할머니의 허리를 다리로 감싸곤 할머니의 목에 매달렸다. "할머니, 목, 목! 할머니 목 부러져!"

"내가 먼저 할 거야." 에치치가 말했다.

선생님이 아이를 떼어내려 했지만 역부족이었다. 책상 밑판에 머리를 부딪혀 작은 군인 모형들이 우르르 떨어졌다. 세 사람이 비좁은 상담 책상 아래서 뒤엉켰다. 땀이 흐르고 부러지는 소리가 났다.

"내가 먼저 훈육할 거야." 에치치가 소리를 질렀다. "할머니 잘못했어. 나 에치치 아니고 에이디에이치디(ADHD)인데 할머니 영어도 모르면서 나한테 영어 하라고 해. 할머니 사고 쳤으니까 혼나야 돼. 선생님도 사고 쳤어. 혼나야 돼." 할머니를 풀어준 아이가 선생님에게 달려들어 머리로 들이받았다. "금쪽이 선생님이 어른은 아이한테 존댓말 쓰는 거 아니라고 했는데 선생님 나한테 '요' 자 붙였어. 혼나야 돼."

얼마 후, 연락을 받은 의사가 진료를 중단하고 올라와 에치치를 장엄하게 쫓아냈다. 아이는 대기실에 멍하니 앉아 어른들의 처분을 기다렸다. 정신이 멍하고 몸에 기운이 하나도 없었다. 심하게 흥분하고 나면 탈진해 결승선을 끊고도 계속 달려 벽에 부딪친 기분이었다. 졸음이 밀려왔다.

에치치는 잠결에 이제껏 자신을 버린 곳들을 떠올렸다. 기운을 빼준다는 활동적인 곳들과 기운을 잠재워준다는 차분한 곳들. 그 효과 없는 곳들이 한 일이라곤 에치치를 포기하는 것뿐이었다. 다음 주부터 탁월해 선생님을 만나지 못할 것이었다. 대기실 정수기에서 종이컵을 뽑아 끄트머리를 깨물어 왕관 모양의 레이스를 만드는 일도 끝이었다.

그때 복도에서 책이 날아왔다. 이어서 에치치와 같은 진단을 받은 아이가 기어 왔다. 언제나 바닥을 기어다녀 '꿈틀이'라 불리는 애였다. 꿈틀이가 에치치의 발치에서 얼굴에 꽃받침을 하곤 말했다. "내 옆에 누워. 같이 책

읽어." 에치치는 꿈틀이 옆에 배를 깔고 누웠다. "그래, 우리 종족 최고의 영웅들의 이야기를 읽자."

…… 교장 선생님이 위험하다고 말렸지만 유관순과 학생들은 학교 **담을 넘어 달려 나가** 대한 독립 만세를 외쳤습니다.

…… 어린 안중근은 **절벽의 꽃을 꺾으려다 죽을 뻔**했습니다. 모두가 어린 중근을 두고 무모하다고 말했지만 그런 무모함에 의(義)가 더해져 총을 꺼냈던 것이 아닐까요?

…… 잔 다르크가 깃발을 들고, **튀어 나갔**습니다!

"이분들이 우리의 위대한 선조야." 꿈틀이가 책을 덮으며 말했다.

겉에 '우리들의 튀어 나가는 영웅들'이라는 굵은 글씨의 견출지가 붙어 있었다. 견출지를 떼자 진짜 제목이 나타났다. 책의 본래 이름은 '어린이 마음의 병 시리즈-ADHD 편'이었다.

"커스텀 북 알아?" 꿈틀이가 말했다.

"컨서타 북?" 에치치가 물었다.

"내 마음대로 만드는 책. 제일 싫어하는 책을 제일 좋아하는 책으로 바꿨어." 그것은 여러 위인전에서 위인들이 튀어 나가는 순간만을 오려 만든 책이었다. "지금 당장 여기 불이 난다면 말이야." 꿈틀이가 상담센터를 둘러보며 말했다. "누가 우리를 구할 것 같아? 누가 제일 겁 없이 뛰어다닐 것 같아? 여기저기 뛰어다니고 방종하게 아무 방이나 들어가고 문 막 벌컥벌컥 열어서 엄마 나오라고 할머니 나오라고 선생님 나오라고 난리를 피워 사람들을 구할 것 같아? 너랑 나야. 잔 다르크, 안중근, 유관순, 튀어 나가는 영웅들의 후손인 우리야. 그러니 기죽지 마. 얌전한 인간들을 긍휼히 여겨."

에치치의 상상 속에서 상담소가 불타기 시작했다. 대기실 안내 데스크 합판에서 시작된 불길이 방들을 차례로 잡아먹었다. 방에 있는 사람들은 코만 벌렁거릴 뿐 불이 났다는 사실을 몰랐다. 어쩌면 알고 있지만 어찌할 바를 몰라서 모르는 체하면 불이 저절로 꺼지기라도 할 듯 얼어붙어 있었다. 그들은 곧 불타 죽을 것이었다. 두려움에 마비되어 꼼짝 못 한 채 얌전히. 오로지 자신과 꿈틀이만이, 아니 에치치 자신만이, 세 살 때 15층 높이 베란다 창문에 올라가 창틀을 붙잡고 까마득한 아래를 호기심 어리게 바라보던 자신만이, 어떻게 될지 궁금해 기름이 튀는 프라이팬에 작고 도톰한 손바닥을 올려보았던 자신만이, 겁을 모르는 바람에 방종하게 사람들을 구할 것이었다. 그러니 본의 아니게 우리를 구할 에치치에게 경배를.

갑자기 에치치의 마음이 한없이 밝아졌다. 최악의 날이 최고의 날로 변했다. 몸 안의 흥분이 지글지글 끓고 모든 것이 희망찼다. 세상이 질주하라며 최고로 넓은 길을 아이에게 내보이는 것 같았다. 에치치는 건물 밖으로 나갔다. 인도에는 사람이 바글거리고 8차선 도로에는 차들이 빠르게 달렸다. 불이 나면 모두 내가 구할 사람들. 세상이 아이를 환영하며 팔을 벌렸다. 세상 속으로 튀어 나가려는 순간, 사방에서 손들이 튀어나와 아이를 붙잡았다. 사랑하는 아이가 차도에 뛰어들어 죽지 않도록. ■

3부

하늘엔 영광
땅엔 평화

송호근

○**송호근**

한림대·서울대 사회학과 교수를 거쳐 한림대 석좌교수로 재직 중이다. 소설가 김사량 일대기인 《다시, 빛 속으로》, 연작소설집 《꽃이 문득 말을 걸었다》, 장편소설 《강화도》《연해주》 등이 있다.

　선거를 며칠 앞둔 어느 날 저녁 성준은 식탁에 서둘러 앉았다. 아내가 차려준 밥상이 무척 반가웠다. K시 지방대학 정치학 교수인 성준은 주말에나 누리는 이런 호사에 약간 무장 해제된 기분이었다. 아내가 불쑥 말했다. “당신 어떻게 그럴 수 있어, 정치학자라는 사람이?” 어, 이거 다시 무장을 갖춰야겠는데, 하는 사이 성준의 입에서 걸러지지 않은 대꾸가 튀어나왔다. “무슨 얘기야, 다짜고짜로?” “지난번 글을 보니 국힘 후보를 은근히 두둔하던데 어떻게 내란 세력을 비호할 수 있어? 정치학자가.” 두둔한 것은 아니었다. 내란 운운하는 것이 마음에 걸려 내란 대신 작란(作亂)으로 규정했던 지방신문 기고문을 아내가 벼르고 있었던 거다. 계엄령으로 통치했던 박정희는 내란 수괴일까? 정치학적으론 따져볼 두어 개 쟁점이 있었다. "그게 장난이라고?" 아내의 손맛이 밴 육개장을 한술 뜨는 순간 성준은 투항과 저항 사이를 오갔다. 어차피 증거가 명백하니 무조건 투항은 비굴했다. "장난이 아니고 작란. 난을 일으켰다는 뜻이지." "아니, 그게 그거지, 말장난일 뿐이야." 아내는 단호했다. 푸근한 주말 분위기는 애초에 글렀음을 깨달은 성준은 자신을 경계하면서 말했다. "내란은 말이야, 허균이나 김옥균 같은 정변에 맞는 용어잖아. 권력 탈취가 내란인데 대통령이 내란을? 형용모순이지. 말 나온 김에 민주당도 내란을 부추긴 책임이 있지 않은가……?" 육개장이 식고 있었다. 숟갈을 내려놓으면서 아내가 판결을 내렸다. "그게 문제야, 당신은. 정치학자가 태극기 부대 같다니까."

성준은 태극기 부대는 아니지만 아내의 단정을 반박하기엔 증거가 궁색했다. 박근혜를 찍었다! "어떻게 유신의 딸을 찍어. 당신도 학생 때 성명서 썼다고 도망 다닌 거 잊었어?" 성준이 노무현을 찍을 때만 해도 아내는 정치학자 남편에게 무한한 신뢰를 보냈다. 그런데 이후 약간 균열이 일어나기 시작하더니 박근혜에 이르러 의심의 눈초리가 거세졌다. 급기야는 성준이 기고하는 지방지 칼럼을 밑줄을 치면서 검토했다. 검열관이 따로 없었다. "유신 시대 검열도 당신처럼 그렇게 치밀하진 않았거든요." 성준은 폭력적이란 말 대신 치밀하다는 아부성 단어로 어감을 바꿨다. 계산 끝에 나온 하소연이었다. "박근혜가 언제 정치 경험을 쌓았나? 아버지 후광을 업고 한풀이하려는 거지. 우아한 맵시 앞에 사족을 못 쓰는 남자들이라니." 의기소침해진 성준이 중얼거렸다. "박근혜가 좋아서가 아니라 문재인의 속이 비었다는 게 문제지. 비서실장이야 누군들 못 해?" "속이 빈 거야 박근혜도 마찬가지잖아?" 아내의 목소리가 약간 높아지는 것에 성준은 위기감을 느끼며 살짝 톤을 낮췄다. "문재인이 뭘 한 게 있었나? 민주당 내분을 그냥 방관하다가 조정하기 쉬운 인물로 찍혀 후보가 된 것뿐인데……." 그래도 아내의 판결은 단호했다. "당신은 그게 문제야, 속이 똑같이 비었다 해도 이 판국에 보수를 찍는다, 정치학자가?"

아내는 개딸과는 거리를 둔 진보론자다. 찍을 사람이 없다는 게 아내의 한결같은 명분이지만, 언젠가 투표장을 나오면서 무소속 후보를 찍었다는 아내의 고백에 박근혜라고 응답한 게 치명적인 실수였다. 귀갓길 분위기가 싸늘해졌다. 인근 단골 식당에 들러 저녁 겸 소주 한잔하려던 성준의 계획은 무산됐다. "당신 윤석열 찍었지?" 지난 대선 투표장을 나오면서 아내가 물었을 때 성준은 정신을 바짝 차렸다. "아니, 어떻게 사람 잡는 검사를 찍어? 적어도 대통령은 인본주의 정신으로 죄인까지 품을 줄 알아야지." 플라톤의 충고를 원용한 답변에 아내가 다그쳤다. "그럼 이재명을 찍었어?" 여기서부터 조심해야 한다는 사이렌이 울렸다. "아니, 꼭 그런 건 아니고…… 측근 여러 명이 고초를 겪는데 나랑 상관없다는 표정이니 무섭지 않아? 정치는 사람들을 싸안고 위로하는 거잖아." 그날만은 아내의 심문이 그것으로 끝났다. 노동운동가를 찍은 자신의 선택에 흔쾌해하는 표정이었다. 마침 불어오던 3월의 바람이 소란하고 몹시 추웠던 겨울을 물리칠 기세였다.

성준은 자신이 무당파론자이면서 비판론자임을 굳게 믿었다. 젊은 시절엔 무조건 진보에 표를 던졌는데 세월이 갈수록 성향이 바뀌는 것을 의아하게 생각하던 참이었다. 아내가 그런 징후를 눈치채고 있었다. 성준은 기회주의라는 말을 떠올렸다. 그래 맞다, 기회주의

자. 진보든 보수든 권력과 거리를 두는 사람. 그래 이거다. 무조건 약자에게 표를 던지는 사람. 이건 꼭 그렇진 않으니 목록 하나를 추가했다. 아내의 성향에 맞추는 사람. 세월과 함께 진보에 대한 실망감이 커가는 자신을 그렇게 합리화했다.

지난겨울 초입에 성준은 시국 강연 초청을 받았다. 어느 시민단체가 지방대 교수를 알아봐줬다는 사실만으로도 뿌듯했던 성준은 흔쾌히 응했다. 정국은 흡사 로마 시대의 검투장으로 변해갔다. 마침 야당이 또 탄핵안을 날렸다. 누구도 막지 못하는 무적의 막시무스였다. 분을 참지 못한 윤석열이 술자리마다 비상계엄을 운운했다는 소문이 돌았다. 신경이 지극히 예민해진 청중들 앞에서 연사가 정치적 성향을 드러내는 것은 자살 행위지만, 청중이 원하는 바는 애꿎게도 바로 그것이었다. 당신은 누구 편인가? 기회주의자라는 입지는 이런 때에 유용했다. 원하는 답을 듣지 못한 청중들은 맥 빠진 표정이었다. 양비론 강연은 인기가 없었기에 초청 콜이 더 오지 않으리라 예감하던 성준에게 저 구석에서 번쩍 쳐든 손이 보였다. 중년 남자였다. 요즘 고민에 빠졌는데 해결책이 없냐고 물었다. 아내가 열렬한 태극기 부대로 변해서 결국 마음이 멀어졌다는 것, 매주 참 가하는 광화문 시위에서 혹여 다치지 않을까 걱정된다 는 요지였다. 성준은 질문을 들으면서 목록을 뒤졌다. 세 번째 리스트가 잡혔다. "투항하면 간단합니다." 청중 들이 처음으로 웃었다. 약간 힘을 얻은 성준이 말을 이 었다. "질문하신 분도 지긋한 중년이신데 젊은 시절을 기억해보세요. 많이 보수화된 자신을 발견하지는 않았 는지요?" 고개를 끄덕이는 중년 여성이 눈에 들어왔다. 아내가 저분과 같으면 얼마나 좋을까, 하는 생각이 스 치자 말이 자연스럽게 튀어나왔다. "그보다 중요한 건, 땅의 평화입니다. 하늘엔 영광, 땅에는 평화. 그런데 정 치는 영광, 가정엔 평화 따위는 없어요. 악의의 정치가 가정의 평화를 깨는 것도 아니고, 가정의 불화가 선의 의 정치를 보장하는 것도 아니지요. 소중한 것은 가정 의 평화, 아내에게 투항하십시오."

"내가 뭐라고 했지?"

아내의 고성이 성준을 깨웠다. 얼마 전 들은 인터넷 방송이라 했다. 한참 열을 올리며 설명하던 아내가 급 기야 성준을 다그쳤다. "학자들은 이게 문제야. 상대방

말은 전혀 안 듣고 자기 생각에 골몰해서 어디론가 가버리거든. 평생 그랬지." 평생 그랬지라는 말이 성준의 뒤통수를 쳤다. 국정원 차장이라던가 홍 모 씨의 그간 행적이 신통하다고, 그걸 알아야 내란의 실체를 제대로 파악한다고 설명하던 아내가 역정을 냈다. 이 순간엔 질문이 효과적이다. "홍 모 씨가 용산 지령을 다 털어놓는다는 거야?" 청문회장에서 울먹이던 군사령관들이 애처로워 한 말이었는데 그건 성준의 궁금증일 뿐이었다. "에휴, 말을 말아야지." 아내가 숟가락을 내려놓았다. 육개장은 식었고 벌건 기름이 떠올랐다. 마침 과년한 딸이 현관을 들어서다가 싸늘해진 분위기를 보고 한마디했다. "엥? 또 한판 했어?" 아, 고개를 끄덕이던 여성처럼 귀담아들었어야 했는데. 이젠 늦었음을 성준은 알아차렸다. 가정의 평화를 위해 투항하세요라고 말했던가. 야당의 행태를 받아들일 수 없듯 집권당의 행적도 야바위꾼과 다름없는데, 뭐 굳이 세월의 효과를 고집할 필요는 없다고 성준은 마음을 고쳐먹었다. 그래, 자신의 한 표가 정치를 바꾸는 것도 아니잖은가. 그렇다면 가정의 평화가 우선, 아내의 말에 귀 기울이고 무조건 투항하는 것이 현명한 처신임을. 어둑한 서재에

홀로 앉은 정치학자 성준은 몇 번 중얼거렸다.

 드디어 투표일이 왔다. 책장을 건성으로 넘기던 성준은 냉랭함이 가시지 않은 아내를 달래 사이좋게 투표소로 향했다. 늦은 오후였다. 줄이 길었다. 투표용지는 하자 열전(瑕疵 列傳)이었다. 도장을 찍을 엄두가 나지 않았다. 그래도 가정의 평화를 위해, 꼴통 보수라는 딱지를 떼기 위해 성준은 기회주의적 도장을 꾹 눌렀다. 아내의 표정은 밝았다. 사소한 기대마저 버리고 다 내려놓은 사람의 표정이 그럴까. 성준은 이번만은 쉽게 답할 수 있다는 자신감에 한결 마음이 가벼웠다. 단골 식당에 들렀다. 확실히 말해주리라. 아내가 가라앉은 목소리로 말했다. 사랑하는 사람에게 고백하는 목소리가 그럴까. "이번에는 사표, 여백에 찍었거든. 당신은?" 성준의 눈빛이 아득해졌다. 투표를 마친 손님들이 홀가분한 표정으로 식당에 몰려들었다. ■

계엄
일어나지 않은 일
정용준

○ **정용준**

2009년 《현대문학》을 통해 작품 활동을 시작했다. 소설집 《가나》《우리는 혈육이 아니냐》《선릉 산책》, 중편소설 《유령》《세계의 호수》, 장편소설 《바벨》《프롬 토니오》《내가 말하고 있잖아》《너에게 묻는다》 등이 있다. 젊은작가상, 황순원문학상, 문지문학상, 한무숙문학상, 소나기마을문학상, 오영수문학상, 젊은예술가상 등을 수상했다.

이승과 저승을 잇는 플랫폼에 묘한 긴장감이 감돌았다. 일찍 당도한 4월의 유령은 불안한 눈으로 이승을 볼 수 있는 투명 거울을 보고 있었다. 플랫폼 관리자는 끝을 알 수 없이 길게 발급된 사망 예정표를 읽다가 한숨을 길게 내쉬었다. 이제 곧 저 지평선에서 파도처럼 밀려들 무수한 12월의 유령들. 크고 넓은 이 플랫폼이 비좁게 느껴질 정도로 붐비겠지. 망자의 수를 정확히 예측하기 어려울 만큼 끔찍하게 예정된 운명 앞에서 관리자는 고개를 떨구었다. 자신이 죽었다는 것을 모르는 존재들이 도착할 것이다. 낯설게 변한 자기 몸을 더듬다가 뭔가를 깨닫고 무너지게 될 것이다. 이윽고 들려올 것이다. 이승과 저승을 모두 진동시킬 울음소리와 비명. 남은 자들은 자기가 흘린 눈물바다에 빠지고 파도에 휩쓸리겠지. 다시는 듣고 싶지 않았다. 두 번 다시 느끼고 싶지 않았다. 관리자는 입술을 꾹 다물고 4월의 곁에 섰다.

"이 먼 길을 어찌……."

"걱정돼서…… 가만히 있을 수가 있어야지. 방법이 없을까?"

방법? 관리자는 그동안 목격한 여러 일들을 생각해 봤다. 반복되고 반복되고 또다시 반복되는 이상한 일들. 사람들이 사람에게 행하는 슬프고 나쁜 것들. 무책임한 폭력에 희생당해 힘없이 꺾인 무수한 생. 그 순하고 무구했던 눈동자들에 관하여. 별수 없겠지. 운명이란 시위를 벗어난 화살 같은 것이니까. 과녁을 뚫기 전엔 결코 멈추지 않겠지.

"글쎄요. 희생자가 많지 않기를, 바랄 뿐이에요."

"다 죽을 거야."

관리자와 4월은 뒤를 돌아봤다. 어느새 곁에 다가온 5월의 유령이 차가운 목소리로 말했다. 그는 굳은 표정으로 이승의 겨울밤을 노려보며 말을 이었다.

"후대가 역사를 통해 배운다는 말은 개소리야. 봐. 바뀐 게 없잖아.”

4월은 고개를 돌려 플랫폼 너머의 지평선을 바라보다 눈을 감을 수밖에 없었다. 아름다운 섬. 기억 속에 펼쳐진 푸른 바다와 희미한 수평선. 유채꽃이 산과 들을 뒤덮던 따뜻한 봄날. 큰바람과 파도 소리에 섞여 울려 퍼진 총소리. 까만 돌멩이에 앉아 있다 이유도 모르게 죽어간 어머니와 아버지. 그리고 나. 하지 않은 일을 했다 했고, 하지 않은 생각을 마음에 품었다 했다. 지금도 나는 이유를 모른다. 함께 죽었던 4월의 유령들은 모두 의문을 품고 있다. 왜 자신이 죽어야 했는지, 나를 죽인 자들은 왜 그토록 화를 냈는지, 모른다. 4월은 무슨 말을 하려다 말고 고개를 숙였다. 5월은 혼잣말하듯 중얼거렸다.

“끝이야. 전화 한 통, 명령 한 번으로.”

명령이 떨어지면 기계가 되는 사람들. 사람은 사람의 명령에 따르고 그 결정과 선택을 합리화하고 정당화한다. 생각하기를 멈춤으로 양심의 입을 틀어막고 모르기를 선택한 뒤 ‘어쩔 수 없었다’ 변명하는 이들. 총소리 한 발로 이루어지는 살육. 정의로운 전쟁도, 사랑으로 시작된 다툼도, 똑같다. 신념이 달라서가 아니다. 공포와 불안이 같은 편끼리 총구를 겨누게 한다. 내 사람을 지켜야 한다는 뜨거운 마음으로 들불처럼 타오르는 슬픈 전쟁. 가만히 있어도 죽고 저항해도 죽는다. 사랑 때문에 죽고 사랑 때문에 죽인다. 증오 때문에 죽고 증오 때문에 죽인다. 끔찍한 것은, 그래서 견딜 수 없는 것은, 명령을 내린 자. 총성과 비명이 들리지 않는 안락의 자에 앉아 바그너의 음악을 들으며 미치광이의 꿈을 꾸고 있다. 5월은 오래전 그날이 떠올라 치가 떨렸다. 나는 대단치 않은 청년이었다. 나 외에는 누구에게도 관심이 없던 개인주의자였다. 부당한 일에 눈감고 억울한 일도 모른 척했던 비겁한 쫄보였다. 그랬던 내가 군인들 앞에 서서 주먹을 움켜쥐고 외치고 또 외쳤던 건 아무 죄 없는 친구의 머리에서 흐르던 피를 봤기 때문이다. 나는 묻고 싶었다. 따지고 싶었다. 왜 내 친구를 다치게 했냐고. 노래를 좋아하고 아이를 사랑했던 그가 무슨 죄가 있냐고. 그러나 누구도 답해주지 않았다. 말하는 입을 때리고, 때리고, 또 때릴 뿐. 5월은 알았다. 누군가 방아쇠를 당길 것이고 그 소리가 모두를 변하게 할 거라는 것을. 내 곁의 사람을 지키기 위해 맞은편 사람을 해하게 될 거라는 것을. 어떤 명분도, 폐허가 된

삶의 현장에 피어오르는 한 줄기의 연기를 부모 잃은 아이들이 보게 될 거라는 것을. 그리고 서로 묻겠지. 왜 이런 일이 일어났냐고.

화살은 시위를 벗어났다. 피할 수 없는 운명은 작동됐다. 명령은 내려졌고 전쟁 시스템은 가동됐다. 하지만 이상했다. 누구도 다치지 않았고 아무도 죽지 않았다. 헬기가 떴고 장갑차가 횡단보도를 가로질렀다. 실탄을 장전한 군인들의 진군을 시민들이 가로막았다. 하지만 고요했다. 총소리는 울리지 않았고 울음소리와 비명은 들리지 않았다. 저 지평선을 가득 메울 망자들을 기다렸던 유령들과 관리자는 의아한 얼굴로 서로를 바라봤다. 4월과 5월은 이승의 상황을 보고 또 봤다. 비극의 조건은 충족됐고 폭력의 방아쇠도 당겨졌는데 어째서인지 세상은 잠잠했다. 비극의 밤이 떠오르는 태양으로 하얗게 부서질 때까지 어떤 죽음도 발생하지 않았다. 예정된 이름이 기입된 길고 긴 종이를 가만히 바라보던 관리자는 투명 거울 속으로 머리를 집어넣어 이승의 밤 여기저기를 유심히 살폈다. 불가능한 결과였다. 일어날 수도 있고 일어나지 않을 수도 있는 운명이 아니라 반드시 그렇게 될 비극적인 운명이었다. 피투성이로 기억될, 영원한 고통으로 각인될, 12월의 밤이 이렇게 그냥 지나간 것이 관리자는 도저히 이해할 수 없었던 것이다. 4월과 5월도 안도의 한숨을 내쉬면서도 한 명의 망자도 찾아오지 않은 텅 빈 플랫폼을 낯설게 바라봤다. 마침내 이유를 알아낸 관리자가 헛웃음을 지으며 말했다.

"망설였네요. 모두가."

4월과 5월이 동시에 물었다.

"망설였다고?"

관리자는 고개를 끄덕였다.

"전화를 받은 자가 망설였고, 명령을 받은 자가 망설였고, 문서를 읽은 자가 망설였고, 전투복을 입은 자가 망설였고, 탄약고에서 실탄을 내어주는 자도 그 실탄을 받은 자도 망설였어요. 헬기에 타는 자도, 헬기를 조종하던 자도, 장갑차 운전병도, 모두 망설였어요. 모두 이게 맞는 걸까. 옳은 걸까. 중얼거리며 발걸음을 늦추고 몸에 힘을 뺐네요. 문을 닫아야 할 자가 문을 열었고, 문을 열어야 할 자는 문을 닫았어요. 벽 앞에서 포기하지 않고 벽을 부순 사람도, 그 벽을 넘는 사람도 있었네요. 군인 앞에 선 시민들도 욕하고 분노를 퍼붓는 대신 차분하게 군인을 설득했어요. 군인들도 시민들의 말을 막지 않고 귀 기울여 들었고요. 이러면 안 된다,라는 말에 흔들리고 흔들렸어요. 망설임과 망설임이 맞바람처럼 커져 날아가는 화살을 땅에 떨어뜨렸어요. 세상에, 놀랍네요. 총이 있는데 발사되지 않다니. 몽둥이를 쥐었는데 아무도 휘두르지 않았다니.”

4월이 말했다.

“그러니까…… 아무도 안 죽었다고?”

관리자가 고개를 끄덕였다. 5월은 관리자의 손에서 종이를 빼앗아 살펴본 뒤 하아, 소리를 내며 가슴을 쓸어내렸다.

“기적이네.”

관리자는 미소를 지으며 답했다.

“그러네요. 정말로. 기적이 일어났네요.”

4월과 5월은 지친 몸을 서로 부축하며 저승으로 향했다. 밤새 노심초사하고 염려한 탓에 평소보다 더 투명하고 작아진 것 같았지만 어째서인지 더 가볍고 좋아 보였다.

“먼 길 조심히 돌아가세요.”

관리자는 유령들을 향해 손을 흔들었다. 유령들은 손을 들어 가볍게 흔들며 바람에 날린 꽃씨처럼 저 멀리 사라졌다. 관리자는 의자에 주저앉아 지친 눈으로 플랫폼을 둘러봤다. 긴장으로 어깨가 굳고 눈이 뻐근했다. 어찌 보면 밤새 기다렸다가 결국 허탕을 친 셈인데 뿌듯하고 기분이 좋았다. ■

나를 떠나지 않을 사람

정소현

○ **정소현**

2008년 문화일보 신춘문예에 단편소설 〈양장 제본서 전기〉가 당선되며 작품 활동을 시작했다. 소설집 《너를 닮은 사람》《품위 있는 삶》, 중편소설 《가해자들》 등을 썼다. 젊은작가상, 김준성문학상, 한국일보문학상, 현대문학상 등을 수상했다.

여자가 문을 열고 들어설 때부터 새빛은 느낌이 좋지 않았다. 뒷정리를 마치고 문을 닫아야 하는 시간이 훨씬 지났지만, 원장은 돌아오지 않았고 연락도 없었다. 새빛은 그와의 어색한 관계를 한시라도 빨리 되돌리고 싶어 무작정 기다리고 있었다. 여자는 입시생이라고 하기엔 나이가 많았고 학부모라 하기엔 너무 젊어서 학원에 용건이 있어서 온 것 같지 않았다. 상담하려면 낮에 오라는 말을 듣고도 여자는 버티고 서서 잠깐 이야기를 나누자고 했다. 갑자기 무서워진 새빛은 여자를 문밖으로 밀어내기 시작했다. 갑작스러운 공격에 놀란 여자는 중요한 이야기가 있다며 새빛을 붙잡고 다급히 외쳤다.

"내 말 좀 들어. 위험한 사람은 내가 아니라 원장이

야. 더 늦기 전에 헤어져.”

새빛은 깜짝 놀라 밀어내기를 멈추고 여자를 바라보았다. 새빛은 원장과 자신의 관계를 아는 사람이 있을 줄은 몰랐다. 관계라고 하니 좀 이상하지만, 별것도 없는 그 관계마저도 둘은 비밀에 부쳐두기로 했기에 새빛은 가슴이 철렁했다.

“저를 알아요? 우리가 뭐라고 헤어져요? 이상한 소리 하지 말고 나가세요.”

여자는 계속 무언가를 말하려고 하고, 새빛은 막무가내로 듣지 않으려는 상황이 반복되자 여자는 소리쳤다.

“사실, 나는 미래의 너야. 제발 좀 귀담아듣고 빨리 헤어져.”

새빛은 자기가 어리다고 여자가 아무 말이나 지껄이는 것 같아 기가 막혔다.

“아, 진짜 미치셨어요? 신고하기 전에 나가시라고요.”

“이상하게 들리겠지만 사실이야. 지금까지 너를 알아봐준 사람은 그 사람밖에 없었지? 너의 섬세함과 색채 감각이 아주 특별하다고, 너같이 재능 있는 아이는 드물다고 했을 거야. 원장이 수강료 안 받고 학원에 다니게 해준 건 둘만의 비밀이잖아. 둘이 남아서 그림도 그리고, 선물이랑 용돈도 줬지. 좋은 식당에도 데려가고 늘 차로 집에 데려다줬고. 내가 네가 아니라면 그걸 어떻게 알겠니?"

새빛은 초등학교를 졸업할 무렵 SNS에 자기 그림을 찍은 사진을 올리곤 했는데 매번 긴 답글을 달아주고 칭찬과 응원의 메시지를 보내던 것이 그였다. 그는 간혹 색연필이나 파스텔, 물감 같은 것을 보내주었고 새빛은 그가 보내준 재료로 그린 그림을 찍어 보내고 개인적으로 연락하는 사이가 되면서 가까워졌다. 새빛의 꿈은 화가가 되는 것이었다. 그의 부모는 돈도 시간도 마음의 여유도 없는 사람들이었고, 딸의 꿈 또한 대수롭지 않게 여겼다. 원장은 새빛이 중학생이 된 뒤로 학원 뒷정리를 돕는 조건으로 수업을 무료로 듣게 해주었다. 새빛은 반대할 게 분명할 부모님에게는 말하지 않았다. 원장은 다른 강사나 학생들도 모르는 둘만의 비밀로 하자고 했다. 원장은 부모보다 새빛에게 필요한 게 뭔지 더 잘 알았고, 또래 친구들보다 대화가 더 잘 통했다. 새빛은 그와 함께 있으면 다른 세상에 있는 듯했고, 꿈에 가까이 간 것 같았다. 새빛은 여자의 말을 믿을 뻔했지만 둘의 관계를 의심한다면 충분히 넘겨짚을 수 있는 일이라 생각하고 정신을 차렸다.

"뭐가 어떤데요? 잘해주는 게 나빠요?"

"그래. 너무 잘해주지. 넌 그가 고마워서 그의 부탁이 뭐든 들어줬어. 조금 싫고 부담스러워도 말이야. 처음에 그의 모델이 되는 걸로 시작됐지. 그 사람은 너의 눈이, 입술이, 콧날이 예쁘다고 하지. 그리고 목선이, 쇄골이, 가슴이……."

"아니, 그만 말해요. 그리고 모델은 아직 안 했어요."

"'아직'이구나. 너무 늦지 않아 정말 다행이야. 네가 거절하면 원장은 자기가 원하는 걸 얻을 때까지 너를 힘들게 할 텐데 걱정이야."

"무슨 말인지 잘 모르겠고요, 앞으로도 그럴 일은 없을 거거든요."

사실 둘의 관계가 어색해진 건 누드 크로키의 모델이 되어달라는 원장의 부탁을 거절했기 때문이었다. 처음에는 새빛의 마음이 가장 중요하다고, 내키지 않으면 하지 않아도 된다고 했다. 원장은 포기하지 않고 사진이라도 찍어 보내달라고 요구했으나 새빛은 그것도 거절했다. 그는 입으로는 이해한다고 하면서, 새빛이 생각보다 예술에 대한 이해도가 떨어지고 성숙하지 못한 것 같다며 실망을 내비쳤다. 그리고 더는 새빛을 특별하게 대하지 않고 칭찬도 하지 않았다.

"너는 세상에 혼자 버려진 것처럼 외로워질 거야. 거절한 것을 후회하고 자책하게 되지. 난 은혜도 모르는 이기적인 애야. 소중한 관계를 망친 건 나야. 너는 모든 걸 되돌리기 위해 뭐든 하게 될 거야."

새빛은 여자가 자신이 아니고서는 그토록 적확하게 자신의 마음을 표현할 수 없으리라 생각했다. 사실 그 이후로 자신을 이해하는 사람은 그밖에 없는데 그게 뭐 어려운 일이라고 거절해버렸나 하고 후회했다. 오랜 고민 끝에 새빛은 학원에 오기 전 집에서 사진을 찍었다. 수십 장의 사진 속에 벗은 몸으로 앉아 있는 자신이 사물처럼 낯설어 울다가 처음 찍은 한 장만을 그에게 보냈다. 부끄럽고 불안했지만 한편으로는 속이 시원했다. 그는 뭉크의 사춘기가 떠오른다고, 새빛은 상상보다 더 아름다우며 큰 영감을 주는 뮤즈라고 바로 답장했다. 그는 자신의 순수한 마음을 이제라도 알아줘 고맙다고, 학원 끝나고 보자고 했다. 새빛은 모든 걸 돌이킬 수 있으리라 생각했으나 그가 오지 않아 불안했다.

"안 그럴 거예요. 그게 뭐든요."

"결국엔 네 의지인 것처럼 하게 된다니까. 그리고 거기서 안 끝나. 원하는 건 늘어가고 거절하면 싸늘해지지. 사실 보고 그리고만 싶은 게 아니라 안고 만지고 더 깊은 관계를……."

"으악, 그만해요. 알지도 못하면서 왜 나쁘게 말하는 거예요?"

새빛은 여자가 이간질하려는 게 아닌가 의심스럽기도 했지만, 한편으로는 그렇게 될 것 같아 가슴이 철렁했다. 여자는 더 지독한 말을 하려다 새빛이 아직 중학생이라는 것을 떠올리고 멈췄다.

"나쁘니까. 좋은 사람은 중학생을 만나지 않아. 그는 더 나빠질 거야. 네 몸과 마음, 생각까지 다 가지려고 할 거고. 그걸 사랑이라고 말할 거야."

"어리다고 사랑하면 안 돼요? 우리는 조금 일찍, 너무 늦게 만났을 뿐이에요. 내가 어른이 되면 아무 문제 없는 거잖아요."

여자는 오래전에 원장의 입에서 나왔던 이 말을 새빛이 그대로 하고 있다는 사실에 좌절감을 느꼈다.

"그건 사랑이 아니라 착취야. 그리고 어른이 되면 헤어진다."

"원장님은 나를 떠나지 않겠다고 했어요. 우리는 연인이나 부부처럼 헤어질 수 있는 그런 단순한 관계가 아니에요."

그 말은 대학에 간 뒤 명확한 관계 설정을 원했던 여자에게 원장이 한 말과 같았다. 어렸던 여자에게 사랑 없는 결혼 생활을 하고 있다며 곧 헤어질 거라고 했던 그는 성인이 된 여자에게 딸이 어른이 될 때까지 가정을 깨고 싶지 않다며 이해해달라고 했다. 그리고 자기 둘은 세간의 잣대로 평가할 관계가 아니라며 여자를 달랬으나 여자는 그의 심드렁해진 마음을 느낄 수 있었다. 그런 마음 때문인지, 여자의 죄책감 때문인지 둘의 관계는 곧 끝났다.

"그런 관계가 어디 있어? 헤어지는 원인을 너한테 돌리려는 거잖아. 헤어지고 보면 그와의 관계 바깥에는 아무것도 없어. 너의 사랑과 이별을 함께 이야기할 수 있는 사람은 아무도 없어. 외롭고 힘든 너는 그를 다시 찾아가는 어리석은 짓을 하지. 그런데 네가 있던 자리에 중학생 여자애가 있는 걸 목격해. 그 애를 향한 이글거리는 눈과 입술을 보고 넌 대체 가능한 사람이었다는 걸 깨달아. 그는 어린 너를 착취했고, 어리지 않은 너를 욕망하지 않아. 함께했던 시간 속에 '너'도 '사랑'도 없다는 걸 너무 늦게 알게 되었어."

새빛은 여자가 말하는 게 자신인지 그녀인지, 과거인지 미래인지 혼란스러웠다. 그래도 그 순간에는 사랑이 있는 게 아니냐고 묻고 싶었다.

"신고할 거라고 하니까, 그 애가 작정하고 먼저 달려든 거라고 했어. 너처럼, 나처럼 말이야. 가족에게 메시지를 보냈다고만 했는데도 벌벌 떨면서 집에 가더라. 손에 다 들어간 너를 잃어버리는 건 또 얼마나 아까울까. 어쨌건 그가 나를 떠나지 않겠다던 약속은 지킨 것 같다. 얼룩처럼 지워지지 않잖아. 하지만 넌 늦지 않았어. 지금 떠나면 돼. 그리고 이 모든 게 네 잘못이 아니라는 것만 기억해."

여자는 자기에게도 누군가 이런 미래를 말해주었다면 좋았을 거라고 생각했다. 비록 자신은 망한 것 같지만 새빛을 데리고 빠져나올 수 있어 다행이라고 가슴을 쓸어내렸다. 새빛은 혼란스러웠으나 여자와 한몸인 듯 손을 꼭 잡고 있어 아직 견딜 만했다. ∎

영어 생활

안톤 허

○**안톤 허**

한국문학 번역가이자 소설가. 정보라, 박상영, 황석영, 강경애 등의 작품을 영어로 번역해 영미권에 소개했다. 정보라의 《저주토끼》와 박상영의 《대도시의 사랑법》은 2022년 부커상 인터내셔널 부문 1차 후보에 동시 지명되었고, 《저주토끼》는 최종 후보에 올랐다. 《대도시의 사랑법》은 더블린 문학상 장기 후보작에 선정되었으며, 안톤 허는 2024년 해당 문학상의 심사위원으로도 활동했다. 이듬해 2025년에는 부커상 심사위원으로 위촉되며 세계 문학계의 주목을 받았다. 그 외에도 신경숙의 《리진》, 《바이올렛》, 강경애의 《지하촌》, 황석영의 《수인》, 백세희의 《죽고 싶지만 떡볶이는 먹고 싶어》 시리즈, BTS의 10주년 회고록 《BEYOND THE STORY 비욘드 더 스토리》 등을 영어로 옮겼고, 오션 브엉의 시집 《총상 입은 밤하늘》을 한국어로 번역했다. 2023년 첫 한국어 에세이 《하지 말라고는 안 했잖아요?》를 출간했으며, 이듬해 영어로 쓴 장편소설 《영원을 향하여》로 소설가로 데뷔했다. 한국문학을 세계에 알린 공로를 인정받아 제13회 홍진기 창조인상 문화예술 부문을 수상했다.

인천국제공항에서 브레드 로프 캠퍼스까지 꼬박 하루가 걸린다. 열네 시간 비행, 디트로이트 공항에서 네 시간 경유, 한 시간 반 연결편 비행시간, 그리고 버몬트주 버링턴 공항에서 미들베리칼리지의 브레드 로프 캠퍼스까지 약 한 시간 반―서울에서 인천공항까지의 거리를 합하면 거의 스물네 시간이 걸린다고 보면 된다. 한국문학을 영어로 번역하는 번역가가 미국으로 가지 않을 수도 없다. 어떻게든 1년에 한두 번씩은 속국의 사신인 양 제국의 본거지를 밟으며 영어라는 황제에게 얼굴을 보여야 한다.

브레드 로프 캠퍼스는 한때 바다 바닥이었지만 기나긴 시간 전, 육지로 솟아올라 납작한 산을 이루었기에 워크숍 참가자들 간 "브레드 로프에서 보자" 대신 "산에서 보자(see you on the mountain)"가 인사로 통용된다. 부정관사 a mountain이 아니라 정관사 the mountain이라고 함으로써 아무 산이 아닌 브레드 로프 캠퍼스를 지칭한다. 아름다운 녹지대이며 건물들은 미국 평야 사극에 나오는 듯한 노란색 19세기풍 집들의 느슨한 집합으로 이루어져 있다. 가까운 미들베리칼리지에 소속된 캠퍼스지만 나는 브레드 로프 캠퍼스에서 열리는 워크숍에 세 번 참여하면서 한 번도 미들베리칼리지 본캠퍼스에 발을 디딘 적이 없을 정도로 브레드 로프는 자기만의 세상을 이룬다.

브레드 로프 캠퍼스에는 참가자 전원이 아침, 점심, 그리고 저녁을 먹는 카페테리아가 있다. 여기서 "미국 음식"이라고 부를 수밖에 없는, 요리하기 쉬우면서 애매한 정체성의 음식으로 식판을 채우고《키다리 아저씨》에서 나올 듯한 홀에서 긴 식탁에 앉아서 먹는다. 전형적인 작은 미국 대학의 분위기로 대화 소리가 굉장히 시끄럽다.

"한국이 노벨문학상을 탄 것을 축하해."

식판을 식탁에 내려놓자 안면 있는 어느 남미 출신

스페인어 번역가가 말한다. 개인적으로 마음에 안 드는 친구이지만 같은 처지의 속국 사신으로서 일단 친한 척은 해둔다.

"고마워. 내가 탄 것도 아니지만 한강만이 아닌 한국 전체에 주는 상이라고 우기고 싶어."

"일은 더 들어오니?"

"그 전에도 일은 많이 들어왔어. 한강의 노벨상 수상은 무엇의 시초가 아니라 그 절정이야."

"그래, 너네 나라가 얼마나 많은 돈을 투자했는데."

정말로 마음에 안 든다.

"투자를 좀 해야지. 우린 너네 언어와는 달리 기나긴 제국주의적 역사를 가진 언어의 덕을 볼 수 없거든."

눈치가 아주 없지 않은 이 친구는 말을 아낀다.

아침을 먹고 첫 워크숍이 열리는 곳으로 간다. 아홉 명의 워크숍 참가자들의 얼굴이 기대 반, 불안 반으로 나를 바라본다. 원래 열 명이어야 하나 참가자 한 명의 나라가 전쟁에 돌입한 관계로 미국행 비행기를 놓쳤다. 브래드 로프 번역가 대회 폐막 단 하루 만에 미국이 그 나라를 폭격한다. 제국은 그런 곳이다. 우리가 이 아름다운 캠퍼스에서 문학에 흠뻑 빠져 있는 동안 제국의

또 다른 속국은 팔레스타인 가자 지구에 민간인 대학살
을 진행한다.

"안녕하세요. 저에 대해서 잘 아시기 때문에 제 워크
숍에 지원했을 것이리라 믿고 일단 제 소개는 생략하겠
습니다. 여러분이 더 궁금해하는 건 아마도 어떤 방식
으로 워크숍을 진행할 것인지겠죠. 여러분 중 한국 출
신 번역가가 없기 때문에 한국의 번역 교육에 대해 먼
저 설명해드리겠습니다. 한국의 번역 교육은 보통 전문
번역가가 아닌 교수나 강사가 남의 번역을 헐뜯는 방
식으로 진행됩니다. 학생들은 한 학기 동안 공허한 우
월감에 만취하며 자신이 번역을 배웠다고 착각하고 이
런 수업 방식을 재생산하며 번역은 안 하고 번역 강의
만 하는, 비정상적인 번역가가 됩니다. 저는 이런 주입
식, 오지선다형 수업 방식으로 워크숍을 진행하지 않습
니다. 그럴 거라면 그냥 서울에서 편하게 동영상 강의
를 녹화했겠죠. 하지만 동시에 저에게는 여러분이 찾는
답이 없습니다. 저는 워크숍 멤버들이 여러분 속에 있
는 답을 끌어내기 위해 도울 뿐입니다. 따라서, 워크숍
을 진행하면서 무엇이 맞다, 틀리다의 이분법으로만 보
지 마시고 번역문의 어느 부분이 우리 모두에게 어떤

대화로 이끌어주는지에 초점 맞추시기를 바랍니다. 자, 일단 서로 소개부터 해주시길 부탁드립니다. 제 오른쪽부터 시작할까요?"

한국인이 번역가가 될 거라면 왜 영한이 아닌 한영 번역가가 되었냐는 질문을 수없이 받았다.

나에게 영어는 단순히 언어가 아니었다. 자유 그 자체였다. 영어를 구사하는 순간, 제인 오스틴 소설을 읽으며 그 언어에 함몰되는 순간, 나는 다른 곳에 있는 다른 사람이 된다. 어렸을 때부터 한국어는 주입식 교육, 체벌, 징병제, 단일 민족 등 일상화된 폭력과 징그러울 정도로 획일적인 생활 방식을 의미했다. 한국어는 공부, 공부, 시험, 시험, 군대, 구직, 취직, 과로, 해고, 고립, 죽음의 서술을 의미했고, 영어는 제인 오스틴뿐만 아니라 할리우드, 리버럴 아츠, 그리고 소설로 가득한 도서관과 서점을 의미했다. 어렸을 때 런던의 채링 크로스 로드에 있는 포일즈라는 대형 서점과 사랑에 빠졌고―사랑에 빠졌다는 말보다 더 적합한 표현이 없다―그날 이후로 인생을 책에 바치겠다고 마음을 다졌다. 어떤 형태로든, 작가로든 편집자로든 교수로든 인쇄소 직원으로든, 한평생 책을 위해 살겠다고 다짐했다. 어느

날 수녀가 되겠다, 신부가 되겠다는 다짐과 마찬가지의 영적인 울림이 있는 다짐이다. 아니, 그보다 더 의미 있다. 신은 존재하지 않지만 문학은 존재하기에. "문학은 우리의 신앙을 대신하고 우리의 신앙 역시 신앙을 대신한다." 시인 T. S. 엘리엇 왈. 졸업 후 책을 가까이할 수 있는 직업을 찾다가 문학 번역이라는 일을 알게 되었다. 문학 번역이 아니었어도 책과 관련 있는 일이었다면 당연히 그 일을 했다. 그것이 문학이라는 신앙의 힘이었다. 아니, 신앙을 대신하는, 그리고 신앙을 대신하는 신앙도 대신하는, 문학. 남들은 나에게 어떻게 하면 영어를 잘하냐, 번역가가 되느냐고 묻는다. 쓸데없는 질문이다. 신앙을 가지지 않은 사람에게 신의 힘을 설명할 수 없다.

The Barn(역시 정관사). 이곳은 정말 말 그대로 농장의 창고처럼 생겼다. 이곳에서 대형 강연을 하기도 하지만 브레드 로프 캠퍼스에서 유일하게 술을 파는 곳이기도 하고 저녁마다 참가자들이 펼치는 낭독회 이후 친목 도모용 자리이자 네트워킹용 사교 행사가 이어지는 곳이기도 하다. 나는 The Barn에서 출판인 참여자에게 몇 권의 책을 팔았는지 모른다.

예의상 누군가가 노벨상 얘기를 꺼낸다. 노벨상은 책을 잘 읽지 않은 일반인들에게나 화제가 되는 일이지, 업계에 종사하는 사람들에게는 별로 의미 있는 상은 아니다. 한강 작가 본인에게도 기쁨보다 피곤함을 더 안겨준 듯하다. 번역 문학에 실제로 종사하는 각 속국의 사신들조차 중에서도 작년에 누가 노벨상을 탔는지 모르는 사람들이 많다.

오히려 그날 저녁의 가장 인상적인 대화 주제는 반딧불이었다. "정말 근사했어요. 어제 도로 건너 들판에서 반딧불이 깔려 있는 걸 봤어요. 홍콩에서는 볼 수 없는 광경이니까요." 영어는 홍콩을 식민지로 삼았던 나라의 언어이지만, 오늘날 광둥어를 구사하는 홍콩 사람들은 만다린을 구사하는 중국 대륙과 갈등한다. 홍콩문학 번역가에게 영어는 식민화의 도구일까, 새로운 세상으로 통하는 자유의 문일까. 나 자신에게도 자문할 수 있다. 영어는 억압적인 한국 사회로부터의 탈출구일까. 아니면 일종의 신자유주의적 민족말살정책의 한 도구일까. 한국에서는 반딧불을 시골에서 볼 수 있지만 역시 쉽게 볼 수는 없다고 말했다. 홍콩 번역가는 오늘 밤 꼭 들판에 가보라고 당부한다.

　브레드 로프에 세 번 와봤지만 가끔 반딧불이 지나가는 것만 봤을 뿐, 그날 밤처럼 들판 위로 수백 마리의 반딧불이 깜빡거리는 광경은 처음이었다. 다른 세상에 온 기분이다. 한때 나에게는 이것이 영어이고, 이것이 문학이었다. 성적, 입시, 취업의 도구 따위가 아닌, 반딧불로 가득한 이국의 여름 밤하늘. 혼자 있음에도 단 한 순간 혼자가 아닌 존재로 만들어주는 이것. 이것이 영어이고, 문학이었다. 조선시대 사신들도 이런 느낌이었을까. 손끝, 혀끝에 닿을 만한 자유, 하지만 나의 느린 손놀림으로부터 달아나는 자유. 밤은 깊어지고 나는 여전히 들판에 떠오르는 언어의 광경을 바라본다. ■

들려?

권김현영

○ **권김현영**

여성현실연구소 소장. 이화여자대학교, 성공회대학교와 여성현실연구소에서 여성학을 가르친다. 달리기, 텃밭, 고양이 집사 노릇을 모두 협동을 통해 함께 하는 일상을 산다. 좋은 이야기의 힘을 믿는다. 《수신인도 발신인도 아닌 씨씨》 《여자들의 사회》 《늘 그랬듯이 길을 찾아낼 것이다》 등 다수의 책을 썼다.

어둠이 짙게 깔린 복도는 마치 시간이 멈춘 듯했다. 지상에서의 일상과는 전혀 다른 이곳의 분위기는 처음에는 두려움을 안겼지만, 곧 익숙해졌다. 복도의 끝을 향해 나아가면서 류는 이미 바깥이 어두워졌다는 사실을 깨달았다. 멀리서 들리는 소리는 점점 잦아들다가 말다가 했다. 박 씨와 류는 서로의 눈치를 보며 긴장한 상태로 복도를 걸어갔다. "들려?" 박 씨가 묻자, 류는 고개를 끄덕였다. "저쪽까지만 보고 올게." 박 씨가 복도의 끝을 바라보았다. 류는 가려는 박 씨를 붙잡고 입 모양으로 "그냥 가자"라고 했다. "왜 그래?" 류는 손가락을 입에 대고 "쉿"이라고 했다. 표정이 심각했다. "여기 뭔가 이상해. 너무 추워." 조금 전까지 밖은 습하고 더였다. 비가 금방이라도 올 것처럼 공기는 무거웠고 햇볕은 뜨거웠다. 사람들은 모두 얼굴을 찌푸리고 있었다. 여기는 시원하다. 환풍기 사이로 먼지와 어슴푸레한 빛이 복도에 줄기를 만들었다. 하나, 둘, 셋, 넷…… 총 여덟 개의 환풍기에서는 먼지와 함께 빛이 새어 나왔고, 어디선가 기계음이 낮게 울리고 있었다. 아니, 복도를 이렇게 시원하게 해두는 이유가 뭐지. 꼭 냉장고 같네. 류가 중얼거리자 이번에는 박 씨가 손을 입에 대고 고개를 저었다. "아무리 작게 말해도 다 들리잖아. 조용히 좀 해봐." 그게 류였다.

류의 목소리는 류가 가진 단 하나의 재능이었다. 크게 말하지도 않는데 교실의 저쪽 끝에서도 아주 정확하게 들렸다. 특히 네모난 공간일수록 더욱 그랬다. 사방이 막혀 있는 곳에서 류의 목소리는 그 공간에 있는 모든 사람들의 귓가에 직접 꽂혔다. 좋아하는 가수의 콘서트를 보러 갔을 때 류가 노래를 따라 부르자 주변의 모든 사람들이 조용해졌다. 가수는 놀라서 웃다가 곧 곤란한 표정으로 류를 봤다. 그 이후 류는 실내 공간에서는 거의 말을 하지 않았다. 류의 침묵은 주로 오해를 샀고 가끔 호감을 얻었다. 특히 류가 말을 할 수 있으면서도 하지 않는 것에 크게 감명받는 남자들이 있었다. 하지만 그런 이들이 보내는 호감이란 습자지처럼 얇아서 모텔방에서조차 입을 꼭 다물고 있는 너를 견딜 수 없다며 떠나기도 했고, 버스 안에서 정류장을 지나치려고 할 때 "기사님 내려주세요"라고 말한 목소리가 깼다는 이유로 이별을 고한 이도 있었다.

류가 집회를 다니기 시작한 건 그즈음이었다. 광장에 나간 건 우연이었다. 뉴스 화면 속에서 이상한 이름의 깃발들을 봤다. '혼나본 사람 깃발 연합'이 류의 눈에 들었다. 시끄럽다고 혼나본 사람이라는 손 피켓을 들고 나가자 사람들은 류에게 구호를 선창하라고 했다. 류가 소리를 지르자 사람들은 박수를 쳤다. 넓고 트인 곳에서 류의 목소리는 공기와 만나 적당히 공글려져서 더욱 듣기 좋게 퍼졌다. 류는 광장이 좋았다. 큰 규모의 광장일수록 류의 목소리는 쓸모가 있었다. 작은 규모의 시위에도 참석해보지 않았던 건 아니다. 하지만 광장 속에서 사람들 사이에 묻혀 같은 구호를 외칠 때와 소수에 속해 다른 사람들을 향해서 소리를 낼 때는 달랐다. 거리의 사람들은 작은 시위대의 목소리를 듣고 싶지 않다는 티를 온몸으로 내며 종종걸음으로 멀어졌다.

류의 직업은 호객꾼이다. 어디 공장이 망하거나 브랜드가 없어지거나 개성공단에서 철수한 업체 등에서 떼어온 물건들을 쌓아놓고 '사장님이 드디어 미쳤어요'라고 붙여놓은 폐업 매장에서 며칠 알바를 하고 나니 점주가 웃돈을 쥐가며 붙잡았다. 천직이라고들 했다. 류는 확성기 대신에 자신의 목소리를 이용해 사람들의 귀를 사로잡았다. 그럴수록 류는 제대로 알지도 못하는 물건을 파는 것에 자괴감을 느꼈다. 같이 일하는 박 씨는 시간이 날 때마다 물건 더미에서 물건을 가져와 관찰했다. 그의 안주머니에는 항상 물건의 상태를 점검하는 알코올스왑, 브러시, 시약 같은 여러 도구가 든 작은 파우치가 있었다. 박 씨는 류의 목소리조차도 마치 자신이 몰두하는 물건처럼 어떻게 작동하는지를 궁금해했다. 박 씨는 틈날 때마다 산으로 바다로 강으로 저수지로 다니며 류의 목소리가 어디에서 어떻게 들리는지 실험했다. 그래도 실내로 들어가진 않았다. 박 씨가 같이 일하는 건물 위쪽에서 어떤 소리가 들린다고 말하기 전까진.

"저기 들려?" 류는 고개를 젖히고 손가락 방향으로 눈을 돌렸다. 하얀색 타일 외장의 4층 건물. 폐업 세일을 365일 하는 1층에서 일하면서도 위층을 올려다볼 생각은 해본 적이 없었다. 1층 가게 실내에 화장실이 있어서 계단을 올라갈 일도 없었다. 2층으로 올라가는 곳은 막혀 있었다. 바깥에 2층으로 직접 올라가는 외부 계단이 있어서 드나드는 사람들과 마주칠 일도 없었다. 가끔 어울리지 않는 검은 세단이 건물 뒤 주차장에 세워지면 이 건물에 마사지숍이 있다는 게 생각나는 정도였다. '저런 차를 타고 다니는 사람이 일부러 찾을 정도면 마사지를 잘하나?' 하고 스쳐 지나가듯 생각했을 뿐이다. 이 4층짜리 건물의 2층부터 4층까지 쓸 정도의 규모이긴 했다. 창문이 한 층에 여덟 개씩 있으니까 총 스물네 개나 되었다. 하지만 이 건물 자체가 고급 하고는 거리가 멀었다. 각 방 창문마다 연식을 짐작할 수 없을 정도로 오래된 소형 에어컨 실외기와 환풍기가 함께 달려 있었는데 창문이 열리는 건 한 번도 본 적이 없었다.

바로 그 실외기와 환풍기 소리가 갑자기 들리지 않았다. 갑자기 세상이 다 조용해진 것 같았다. 그 틈 사이로 그 전에는 들리지 않던 소리가 간헐적으로 들려왔다. 점주는 여름휴가를 갔고 사람들이 길에 잘 안 다닐 정도로 덥고 습한 날씨라 호객을 할 손님도 없었다. 이 정도로 손님이 없다면 며칠 점포 문을 닫아도 좋을 텐데 물건 사입해 오는 기준이 매장에 깔아두는 일수였기 때문에 열어두어야 한다고 했다. 박 씨는 어차피 지나가는 손님도 없는 김에 잠깐 문을 닫고 올라갔다 오자고 했다. 2층 외부 계단이 아니라 1층에서 2층으로 올라가는 계단으로 향하더니 박 씨는 손쉽게 문을 땄다. 박 씨의 과거를 궁금해할 엄두도 나지 않을 정도로 능숙한 손놀림이었다. "그냥 호기심이 많은 거야. 이상한 사람 아니고." 류가 빤히 쳐다보자 박 씨가 머쓱하게 답했다. 계단을 올라 2층 복도로 진입하자 기계음 같기도 하고 비명 같기도 한 소리들은 더 선명해졌고 실내 온도는 이상할 정도로 추워졌다. 2층에 올라가자 한쪽에는 문이, 다른 한쪽에는 창문이 있었다. 복도에는 따로 에어컨이 돌아가고 있었다. 바깥에서 창문으로 보였던 건 방이 아니라 복도에 달려 있었다. 에어컨 실외기의 호스가 각 방의 출입문 위쪽 구멍으로 연결되어 있어 바깥에서의 시선을 완전히 차단한 구조였다. 가장 끝에 있는 실외기만 어떤 방에도 연결되지 않은 채 돌아가고 있었다. 복도만 시원한 이유였다.

그때였다. 가장 가까이에 있는 문이 벌컥 열렸다. 문이 열리자마자 방 안의 열기가 차가운 복도의 공기와

섞였다. 마치 그것을 신호탄으로 삼은 듯, 몇 개 방의 문도 차례로 열렸다. 안쪽에서 두 번째 문 안에서 누군가 말했다. "씨발 더워 죽겠네." "야, 조용히 안 해. 씹 다 되어가는데." 그걸 시작으로 순식간에 조용하던 복도가 아수라장이 되었다. 각 방들에서 나오는 소음은 대부분 알아들을 수 없었지만 대부분 화와 짜증이 잔뜩 묻어 있었다. 순간, 가장 안쪽 방의 문이 열리면서 머리카락을 쭈뼛하게 만드는 미소 속에 한 남자가 상의를 벗은 채 나타났다. 상반신은 피투성이에 흉터 자국처럼 보이는 문신이 새겨져 있었다. 그는 한 손에는 휴대폰을 든 채 느릿한 목소리로 말했다. "어떻게들 오셨나?" 류는 대답 없이 남자를 쳐다봤다. 둘 사이의 긴장감이 영원히 지속될 것처럼 느껴졌다. 그사이 박 씨와 류는 열린 문 안의 풍경을 빠르게 훑었다. 전화기, 헤드폰, 컴퓨터 그리고 널브러져 있는 먹다 남은 음식들……. 무엇보다도 화면에 떠 있는 사진들과 채팅창이 보였다. 모든 것에 호기심이 많은 박 씨였지만 그런 그도 모르는, 여자인 류는 아는 세계였다. 주변에서도 흔히 들어왔던 일들. 사진, 유포, 협박 그런 얘기들.

더위 먹은 이들이 정신을 차리기 전에 류는 소리를

지르기로 결심했다. 실내 공간에서는 해본 적 없는 일이었다. 아무도 몰랐던 일이 여기에서 일어나고 있었다. 그러나 아무도 소리를 듣지 못했다면 그 소리를 전달하는 건 류가 제일 잘할 수 있는 일이었다. 하얀색 타일로 덮인 건물 안에서 류의 목소리는 모든 벽을 만나서 점점 더 크게 울려 퍼졌다. 바깥의 사람들은 너무 공명이 큰 소리를 듣고 깜짝 놀라서 건물이 소리를 내는 줄 알았다고 했다. 신고 정신이 투철한 대한민국 국민들이 수십 건의 신고를 했고 상황은 빠르게 정리되었다. 며칠 동안 뉴스에서 소식이 전해졌다. 휴대폰을 들고 있던 상반신을 탈의한 남자는 폐쇄된 마사지업소를 인수해 지인 능욕, 성 착취, 몸캠 피싱 등 주위에 말할 수 없는 범죄 이력으로 빨간 줄이 그어진 십대들에게 숙소를 제공하고 인생 역전의 기회라며 또 다른 범죄 조직을 만드는 중이었다고 한다. 경찰에 의하면 1층의 폐업 상점에서 호객을 하던 류의 목소리가 이들의 영업을 꽤나 방해해서 마침 이사를 준비 중이었다고 한다. 이건 박 씨가 전해준 이야기다. 류는 이제 더 이상 자신의 목소리가 싫지 않았다. 광장 이후 처음이었다. ■

불안

정대건

○ **정대건**

2020년 한국경제 신춘문예에 장편소설 《GV 빌런 고태경》이 당선되며 작품 활동을 시작했다. 펴낸 책으로 《GV 빌런 고태경》 《아이 틴더 유》 《급류》 《부오니시모, 나폴리》와 에세이 《나의 파란, 나폴리》가 있다.

　삼십대 후반의 남자가 신축 오피스텔 전세 계약을 할 때 육십대 후반의 집주인은 자신의 딸 이야기를 했다. "우리 딸도 내년에 결혼하는데. 이 근방에서 약국 해요." 남자는 아버지 또래로 보이는 집주인의 말에 친밀감을 느꼈다.

　내년에 여자친구와 결혼을 앞둔 남자는 K시로 직장을 옮기게 됐고 1년짜리 전세를 찾았다. 전세금 1억 8천만 원짜리 신축 오피스텔에는 근저당이 잡혀 있었다. 흔한 경우였다. 남자는 공원이 펼쳐진 원룸의 전망이 마음에 들었다. 전세금을 넣으면 바로 근저당을 말소하는 것이 계약서에 명시된 사항이었다. 부동산 투자 같은 데는 까막눈이었지만, 요즘 같은 세상에 전세금

반환 보증 보험을 들어야 한다는 상식은 남자도 알고 있었다.

남자는 새로운 직장에 적응하느라 정신없이 바빴다. 넉 달이 지나 보험 가입을 알아보다가 집주인이 근저당을 말소하지 않았다는 것을 알게 됐다. 어떻게 된 일이냐고 물으니, 집주인은 남자의 전세금으로 다른 곳에 투자한 사실을 고백했다. 그사이 땅이 팔릴 줄 알았는데 거래가 꼬였다고, 땅 거래만 성사되면 곧 목돈이 생긴다고 너무 걱정하지 말라고 했다.

"그러기에 진작 확인했어야지."

사연을 들은 여자는 남자를 책망하는 투로 말했다. 돌려받아야 할 돈은 여자와 합쳐서 들어갈 신혼집 전세금에 쓰일 예정이었다. 그러나 남자가 더 일찍 확인했다고 한들 전세금이 집주인의 계좌에 입금되자마자 다른 곳에 들어갔다는 사실은 변하지 않았다.

"석 달만 더 시간을 주실 수 없을까요."

전세 계약이 만료되는 시점이 다가오자, 집주인은 쩔쩔매며 말했다. 부동산 거래 시장이 이렇게나 얼어붙을 줄 몰랐다며 똑같은 말을 되풀이했다. 목돈이 들어올 때까지 달마다 은행 이자율보다 더 높게 이자도 준다고 했다. 따져 묻는 것은 주로 여자였고, 남자는 집주인에게 꼭 약속을 지켜달라며 끝까지 공손했다. 두 사람은 예정된 결혼식을 미룰 수 없었고, 결국 신혼집 이사를 미루는 수밖에 없었다.

"알콩달콩 좋지, 뭐."

남자는 애써 낙천적으로 말했다. 원룸은 남자 혼자 살기엔 충분했지만 둘이 살기엔 비좁았다. 건조대를 펼쳐 빨래를 널면 이동할 공간이 없었다. 친지들의 집들이도 미루고 신혼 가전을 선물하겠다는 호의도 고사할 수밖에 없었다. 만나는 사람마다 인사말처럼 신혼집은 어딘지 물었다. 부부가 상황을 설명하자 자신들도 전세금을 돌려받지 못했던 저마다의 경험을 나눠주었다. "저도 당하기 전에는 남 일인 줄만 알았어요. 돈 없다더니 신고하니까 바로 주던데요."

여자는 지나치게 걱정이 많았고, 남자는 지나치게 걱정이 없었다. 3박 4일 신혼여행으로 떠난 유후인 온천에서 몸을 지지면서도 여자는 불안해했다. "자기는 사람을 쉽게 믿으니까, 이런 일이 발생하는 거야. 난 사람 안 믿어." 여자의 책망하는 말투에 남자는 발끈했다. "사람을 믿지 않는 게 자랑은 아니잖아?"

여자는 '전세 사기'라는 키워드로 인터넷의 수많은 뉴스와 글들을 읽은 뒤 극도로 불안해했다. "그냥 법대로 하자." 여자는 선언했다. 그러나 알아보면 알아볼수록 법이 허술하다는 것을 재확인할 뿐이었다. 투자 실패로 간주하기 때문에 사기죄가 성립되지도 않았다.

게다가 여자는 남자로부터 충격적인 소식을 들었다. 집주인 개인과 계약한 게 아니라 부부로 된 법인이라고 했다. 법인의 경우 파산하면 돈을 돌려받을 방법이 없었다. 여자도 남자도 몰랐던 사실이었다. '요즘 같은 세상에 어쩌자고 이렇게 대책 없이 잘 알아보지도 않고……' 여자는 이 남자를 믿고 살 수 있을까 걱정되기 시작했다.

"이러다 도망가면? 자기는 정말 뉴스도 안 보고 사나 봐." 여자는 날카로워졌다.

"자기야, 뉴스를 너무 많이 보면 불안이 높아진대. 연락도 잘 받고 이자도 꼬박꼬박 주고 있고. 아직 우리가 사기당한 건 아니잖아. 설마 아저씨가 그러겠어?" 남자가 여자를 달랬다.

"당한 뒤엔 늦는다고!"

두 사람이 언성을 높이는 일이 잦아졌다. 여자는 남

자가 자신과 너무도 다른 존재처럼 느껴졌다. '이 남자
는 세상에 호되게 당해본 경험이 없구나.' 이건 마치 테
스트라도 받는 기분이었다. '어디 이렇게 다른 사람하
고 살 수 있겠어?' 성격 차이로 헤어졌다는 세상의 흔
한 말들이 사실은 어떤 비밀을 감추려고 둘러대는 말인
줄로만 알았는데, 진실이었구나. 두 사람은 요즘 트렌
드대로 결혼하고 바로 혼인신고를 하지 않고 미루는 중
이었다.

예의 바르고 착한 남자라서 결혼했는데, 이 사태를
겪어보니 착한 성격은 무른 것으로 보였고, 어른에게
공손하고 평화를 좋아하는 성격은 문제 해결 능력 부족
처럼 보였다.

약속한 3개월이 지났고, 이번에는 집주인이 곧 거래
될 거라며 두 달만 더 기다려 달라고 했다. 우선 5천만
원이라도 달라는 여자의 말에 집주인은 고개를 조아렸
다. 돈이 부동산에 전부 묶인 데다 딸의 결혼식을 한 달
앞두고 있어 사정이 힘들다고 했다. "이번에 결혼하는
따님이 신혼집도 못 들어가고 저희 같은 상황이라고 생
각해보세요!" 여자가 소리쳤다.

집주인 앞에서 끝까지 점잖게 구는 남자 때문에, 여

자는 자신이 노인을 협박하는 악독한 빚쟁이라도 된 듯한 기분이 들었다. 여자는 속으로 중얼거렸다. '육십대 중년 둘이 5천도 없다는 게 말이 안 된다. 투자한답시고 젊은이들 인생을 볼모로 뭐 하는 짓이냐. 절대로 저렇게 나이 들지는 말아야지. 정말 저렇게 살지는 말아야지.'

"이 근방 약국 어디랬어? 다 뒤져서라도 그 딸 찾아서 따지고 싶어. 약사가 돈이 없는 것도 아닐 텐데……."

남자는 쩔쩔매는 아저씨가 불쌍하다고 했다. "딸에게 손 벌리고 싶지 않겠지."

"왜 자기는 자꾸 사기꾼을 이해하려고 해? 정말 도망이라도 가고 당해봐야지 정신을 차릴 거야?" 이제 여자는 집주인을 사기꾼이라고 지칭했다.

집주인을 만나고 원룸에 돌아오면 어김없이 언성이 높아지고 부부 싸움으로 이어졌다.

"왜 우리가 신혼에 이렇게 빚쟁이 노릇을 하고 싸워야 하는지 모르겠어. 그 사람들, 돈이 없는 게 아니라 우리한테 줄 돈이 없는 거야. 이 외중에 자기들은 결혼식을 한다고? 정말 찾아가서 깽판 치고 싶어."

여자는 말은 그렇게 했지만 그만큼 악독하지도 못

했다. 잠들기 전 불 꺼진 침대에서 여자는 중얼거렸다. "딸한테 연대보증이라도 요구해야 해. 막말로 그 인간들 갑자기 사고로 죽으면 우리 그 가족한테도 못 받는 거야."

"그런 나쁜 말 하지 마."

두 사람은 최악의 상황, 전세금도 못 돌려받고 원룸에서도 쫓겨나는 일을 상상했다. 신용 정보 회사에서 채권 추심 상담을 받고 전세 사기 법률 자문 상담을 받았다. 자초지종을 설명하자 수화기 너머의 변호사는 냉담하게 말했다. "저라면 사기꾼들 말을 믿지 않을 겁니다."

이제 여자는 사기죄가 성립되건 안 되건 신고와 고소를 하고 경찰서에 가서 진술하게 만들고 싶다고 했다. 반면 남자는 신고를 하면 오히려 파산해버릴까 봐 두려웠다. 집주인은 그때까지도 달마다 이자를 주고 전화도 받고 문자도 꼬박꼬박 답이 왔다. 다만 원금은 조금만 기다려달라는 말만 도돌이표처럼 돌아올 뿐이었다.

약속했던 두 달이 지나서도 약속은 지켜지지 않았다. 여자와 남자의 갈등이 극에 달한 시점, 남자는 자신이 뉴스의 주인공이 될 수도 있겠구나 싶은 생각이 들었다. 채무자가 배 째라는 식으로 나오면 정말로 배를 째

버리는 일이 발생할 수도 있겠구나. 더는 견디기 어려웠다.

부부는 집주인을 고소했다.

고소하자마자 일주일 만에 원금을 돌려받았다. 허탈했다. 딸에게 손을 벌렸는지 어떻게 돈을 구했는지 부부는 알고 싶지 않았다. 남자는 법인 파산을 하지 않아 다행이라고 생각했다. 이사 가는 날 부부는 텅 빈 원룸을 둘러봤다. 2년 가까이 두 사람이 울기도 웃기도 한 공간이었다. 떠나는 날 가래침을 뱉어주겠다던 마음도 사라졌다. 두 사람은 코로 한숨을 길게 내쉬었다. 드디어 이사 갈 수 있게 되었다. 각자의 방이 있는 곳으로.

이사를 준비하며 남자가 전세 매물을 알아보자, 여자는 학을 뗐다.

"그 일을 겪고도 전세를 또 들어가겠다고? 전세라는 게 전 세계에 우리나라밖에 없다잖아."

"그럼 매달 백만 원 넘는 월세를 내고 살자는 거야?" ■

2026 소설, 한국을 말하다

1판 1쇄 발행 2026년 4월 10일

지은이 · 성해나 김기태 박연준 박민정 성혜령 김경욱 하성란
　　　　윤성희 정한아 김유담 김병운 문지혁 이미상 송호근
　　　　정용준 정소현 안톤 허 권김현영 정대건
펴낸이 · 주연선

(주)은행나무
04035 서울특별시 마포구 양화로11길 54
전화 · 02)3143-0651~3 ｜ 팩스 · 02)3143-0654
신고번호 · 제 1997—000168호(1997. 12. 12)
www.ehbook.co.kr
ehbook@ehbook.co.kr

ISBN 979-11-6737-639-8 (03810)

김병운 2014년 《작가세계》 신인상을 수상하며 작품 활동을 시작했다. 소설집 《기다릴 때 우리가 하는 말들》《거의 사랑하는 거 말고》, 장편소설 《아는 사람만 아는 배우 공상표의 필모그래피》, 산문집 《아무튼, 방콕》 등이 있다. 젊은작가상, 이효석문학상 우수작품상을 수상했다.

문지혁 2010년부터 소설을 발표하기 시작했다. 지은 책으로 장편소설 《나이트 트레인》《중급 한국어》《초급 한국어》《비블리온》《P의 도시》《체이서》, 소설집 《당신이 준 것》《고잉 홈》《우리가 다리를 건널 때》《사자와의 이틀 밤》, 작법에세이 《소설 쓰고 앉아 있네》, 옮긴 책으로 《동물 농장》《라이팅 픽션》《끌리는 이야기는 어떻게 쓰는가》 등이 있다.

이미상 2018년 웹진 〈비유〉를 통해 소설을 발표하기 시작했다. 소설집 《이중 작가 초롱》, 단편소설 《잠보의 사랑》《셀붕이의 도》가 있다. 젊은작가상, 젊은작가상 대상, 문지문학상, 이효석문학상을 수상했다.

송호근 한림대·서울대 사회학과 교수를 거쳐 한림대 석좌교수로 재직 중이다. 소설가 김사량 일대기인 《다시, 빛 속으로》, 연작소설집 《꽃이 문득 말을 걸었다》, 장편소설 《강화도》《연해주》 등이 있다.

정용준 2009년 《현대문학》을 통해 작품 활동을 시작했다. 소설집 《가나》《우리는 혈육이 아니냐》《선릉 산책》, 중편소설 《유령》《세계의 호수》, 장편소설 《바벨》《프롬 토니오》《내가 말하고 있잖아》《너에게 묻는다》 등이 있다. 젊은작가상, 황순원문학상, 문지문학상, 한무숙문학상, 소나기마을문학상, 오영수문학상, 젊은예술가상 등을 수상했다.

정소현 2008년 문화일보 신춘문예에 단편소설 《양장 제본서 전기》가 당선되며 작품 활동을 시작했다. 소설집 《너를 닮은 사람》《품위 있는 삶》, 중편소설 《가해자들》 등을 썼다. 젊은작가상, 김준성문학상, 한국일보문학상, 현대문학상 등을 수상했다.

안톤 허 한국문학 번역가이자 소설가. 정보라, 박상영, 황석영, 강경애 등의 작품을 영어로 번역해 영미권에 소개했다. 정보라의 《저주토끼》와 박상영의 《대도시의 사랑법》은 2022년 부커상 인터내셔널 부문 1차 후보에 동시 지명되었고, 《저주토끼》는 최종 후보에 올랐다. 《대도시의 사랑법》은 더블린 문학상 장기 후보작에 선정되었으며, 안톤 허는 2024년 해당 문학상의 심사위원으로도 활동했다. 이듬해 2025년에는 부커상 심사위원으로 위촉되며 세계 문학계의 주목을 받았다. 그